オタクな俺がリア充社長に食われた件について

Bunge Maruki
丸木文華

CHARADE BUNKO

Illustration

村崎ハネル

CONTENTS

何を言っているかわからないと思うが、そういうこと

修羅場に大切なことその一。

それは、『いいダンボールを確保する』こと。

「お～い、こーたろ氏。それ、我が輩のダンボでござるよー」

「ちょっとくらいいいだろ。綺麗《きれい》なのこれしかねぇんだから。三時間だけ！　な？」

目の下にクマを常駐させたグラフィッカー村山《むらやま》の手を振り切り、俺、秋吉倖太郎《あきよしこうたろう》はさっさと部屋の隅にダンボールを敷いてアラームをセットした。すでに時間の感覚はなくなっている。しかし束《つか》の間《ま》の睡眠くらい上等な寝床に横になりたい。

真冬はマイ寝袋を持ってきている奴もいるが、秋と冬の境目という、この微妙な時期は大抵床にダンボール＋寒ければ毛布といった感じである。

このダンボールというやつが偉大なのだ。以前はただ宅配便などで使うだけの物体と思っていたが、これがなかなか有用なのである。

それに気づいてから、家のない人々がなぜダンボールで家を造って暮らしているのか、俺

は初めて納得した。床で寝るときには必須のものだ。何せ、ダンボールは暖かく丈夫なのである。

ひとたびそれが重要なアイテムであることに気づくと、次は品質の追求にこだわりが出始める。特に俺なんかは何かにつけて好みがうるさいので、わりと神経質になっている。

使い古されてよれたダンボール、汚れたダンボールなどは価値が落ちる。やはりなるべく新品に近い綺麗なものがベストだ。それはさながら高級ベッドの如《ごと》く、俺の体を優しくタイルの冷たさから守ってくれる。

などということを疲れた頭で考えながら、俺は瞬時に深い眠りに落ちた。実に二十六時間ぶりの睡眠だ。

会社に泊まり込んですでに一週間。マスターアップの予定日は明日。スタッフ総出の決死のデバッグ作業。目を閉じれば嫌と言うほど何度も繰り返し見てきたゲーム画面が瞼《まぶた》の裏に浮かんでくる。

例によって例の如く、鬼のような過密スケジュールでギリギリだ。いや、実のところ全然間に合っていない。発売後に不具合が出てパッチを出すことになるのはほぼ確定だろう。製作に一ヶ月ほどしかかけていないのだから、わりと当然のことなのだが。

(ああ~。早くゆうなたんに会いに行きたい……)

もうこの一週間はそのことしか考えられなかった。

ゆうなたん。目を閉じればすぐ瞼の裏に思い描ける、可愛《かわい》い可愛い十六歳の女の子。

一六三センチという、男としては背の低い俺よりも十センチ以上ちっちゃくて、それなのにおっぱいは大きくて、声もめちゃくちゃ可愛い、三次元とは思えないクオリティの2．5次元の彼女。去年の冬、秋葉原《あきはばら》駅前の広場で声をかけられてから、俺はもう君に夢中。

『ゆうなたん』は秋葉原のメイドカフェ『らぶもえ☆めいど』のメイドさんだ。メイドカフェのひしめくこの界隈《かいわい》では比較的新しい店で、俺と出会ったときもゆうなたんは寒い中一生懸命チラシを配って店の宣伝をしていた。

あのときから、もう少しで季節が一巡りしようとしている。今やゆうなたんは店の一番人気。もう街頭でチラシ配りや客引きなんかしていない。最近は店の親会社が育てている地下アイドルグループ『らぶきゅっきゅ８１』のメンバーとして頑張っているし、認知度もじわじわ上がってきて、きっとあのＡＫＨ４７に並ぶことも夢じゃない！

「ゆうなたぁん……」

「こーたろ、キモイ寝言やめろ、バカ」

「デュフフ。こーたろ氏、えっちな夢見てるでござる～」

イライラしてるプログラマー本田《ほんだ》のぼやきや村山の独特の含み笑いが聞こえてくるが、ゆうなたんと幸せな夢の中にいる俺には気にならない。

ああ、早く君に会いに行きたい。そして、仕事の疲れをその愛くるしい笑顔で癒《い》やしてもらうんだ。

＊＊＊

俺がこの『ソニック・エンターテイメント』で働くようになってから一年半ほどが過ぎた。

ちょっと声がいいなんて言われていたものだから、調子に乗ってアニメ、声優系の専門学校に入ったものの、チョイ役の一言の台詞《せりふ》ですら何テイクもとられる状況が続き、その分野で才能も発揮できそうになかったので諦《あきら》めた。自由な時間はただひたすらエロゲーを遊んでいた俺は、なんとかゲーム業界で働けないかと、手当り次第にゲーム会社にメールを送った。

そして、最初に返事があったこの会社にすぐに決めてしまったんだ。

当時俺は十九歳だった。バイトもろくにしたことがない、社会のしゃの字も知らない甘ったれだったけれど、エロゲーに対する情熱だけは人一倍で、アイディアもたくさん溜《た》め込んでいた。

その勢いが買われてシナリオライターとして採用されたわけだが、新人の俺がここで書いたシナリオはすでに十本に上っている。というのも、この会社は一応二本のラインを同時に走らせていて、常に月に二作はゲームを開発するという自転車操業そのものの姿勢だった。

社内は常に慌ただしく、そして同時にどんよりと荒《すさ》んでいる。

「お〜い、金子《かねこ》。お前何やってんだよ」

「え？　なんですか。別に何も」

「ふざけんなよ〜。そういうことされると、こっちのテンションまで下がるんだよ」

マスターアップしたばかりで疲労感が満タンな状態に更に上乗せされて、怒る気力もない。

金子はそんな俺を眺めて何も言わずにニヤニヤと笑っている。

こいつは三ヶ月前に入ってきた営業兼グラフィッカーだ。歳《とし》は俺よりも上だったと思うけれど、俺より後に入ったので敬語を使ってくるのがむず痒《がゆ》い。リア充っぽくてそこそこイケメンでソツがないものの、仕事をサボるのも上手くて俺はこいつがあまり好きじゃない。

今も大手流通会社のサイトで、クソゲーの方のランキングに俺たちの作ったゲームを投票していやがった。こういう奴は金子だけじゃない。内部事情を2ちゃんに書き込む奴も多いし、もう社内のチームワークはバラバラだ。と言うよりも、会社への不満という共通の目的でまとまっている、と言った方がいいだろうか。

「そんなことより、秋吉サン。いつものゆうなたんとこに行かなくていいんスか」

「あっ。今何時だ」

「もう五時ッスよ」

「おおお！　俺もう出るわ」

「こーたろ氏、どこに行くでござるか？」

「我が輩も行くでござるぅ～！　まいんたんに会いたいでござるぅ～！」

「わかった、じゃあすぐ行くぞ！」

社内に残っていた二、三体の屍《しかばね》たちに適当な挨拶《あいさつ》をして、俺と村山は会社を飛び出した。背後に俺を鼻で嗤《わら》う金子の気配を感じたけれど、あんな奴はもうどーでもいい。

ゆうなたんに会えば嫌なことはすべて忘れられる。疲れも全部吹っ飛ぶ。

村山も同じ店に『まいんたん』という推しメンがいるので、俺たちはこうして一緒に足を運ぶことが多い。

俺たちは彼女たちに一刻も早く会いたい一心で、歩いても辿《たど》り着ける距離のメイドカフェに行くために、通りがかったタクシーを拾った。一メーターぎりぎりの距離を指定されてあからさまに嫌な顔をされたけれど、気にしない。

『らぶもえ☆めいど』は秋葉原駅から徒歩四分ほどの雑居ビルの六階にある。店内はお世辞にも広いとは言い難いが、狭いからこそメイドさんたちと身近に触れ合える利点もあるのだ。

「お帰りなさいませっ☆　ご主人様！」

見慣れたメイドの一人が俺たちをテーブルまで案内してくれる。いつもお願いするステージ脇《わき》の席は埋まってしまっていて、不本意ながらも少し慣れない入り口に近い席に通される。

「はわわ～っ。まいんたん、今日も可愛いでござるぅ……」

「いつもんとこ！」

店内でもひときわ小さな姿のメイドさんを見て、村山が目を輝かせている。こいつはいわゆる二次元限定の幼女趣味だ。十四歳以上の女は皆ババアだと豪語する重度のロリコンでもある。まいんたんは当然それより上のはずなのだが、年齢は公表していないため、村山の妄想は損なわれていない。

そして村山はかなりの声オタでもあり、お気に入りのまいんたんは典型的なアニメ声で、声優学校にも通っている声優の卵なのだ。だから、村山は必死で彼女のことを応援し続けている。まいんたんの方も常連の村山のことは覚えていて、独特の言葉遣いにも嫌な顔ひとつせず、話しかければきちんと答えてくれるのだ。

やがて、店内で働いていたゆうなたんが、俺たちのテーブルにメニューと水を持って来てくれる。ちっちゃな頭のツインテールがぴょこぴょこ揺れて、顔より大きいおっぱいもゆさゆさ揺れる。つぶらな瞳《ひとみ》に、すべすべの肌。キャンディみたいにキラキラしたピンクの唇。

（はあああ、可愛いいいい）

ゆうなたんが俺の傍《そば》に来ると、ふんわりと甘い香りが漂う。マスターアップ明けで極限まで疲れている俺は、それを嗅《か》いだだけで分厚い眼鏡《めがね》に萌《も》えヒビが入りそうになった。

「いつもありがとうございまぁす☆　お久しぶりですねぇっ」

「あ、う、うん。仕事だったから」

「そぉなんですかぁ！　お疲れ様でぇす☆　本日は何になさいますかぁ？」

「あ……、え、えと、み、み、ミルクティー。ほ、ホットで」

「我が輩はアイスコーヒーを注文するでござるぅ～」

「はぁ～い☆　かしこまりましたぁ☆」

（ああ～ゆうなたん……。本当は君のおっぱいみるくが飲みたいんだぁ……）

なんてエロゲ脳なことを考えて、ハッと我に返って頭を振る。

ゆうなたんは天使なんだ。俺みたいな奴の下衆《げす》な妄想に使われちゃいけないんだ。

「こーたろ氏ってば、えっちでござる☆」

「はっ？　な、なんだよいきなり」

「ミルクティーだなんて！　ゆうなたんのみるくが飲みたいんでござろう？」

さすが同じ職場なだけあって同じ思考回路なのが嫌になる。無言でバシッとデコピンをすると、村山は大げさに「でゅふうっ！　やられたでござるぅっ！」と奇声を上げ、向かいのカップルから失笑と白い目を向けられた。俺はその女の方を観察して、フンッと鼻で嗤い返してやる。可愛くない上に中古の奴なんか、俺の眼中にはない。いくらキモオタと軽蔑《けいべつ》されたって構わない。俺は三次元ではゆうなたんしか好きじゃないんだ。

何しろゆうなたんはそこらの顔だけ可愛くて遊びまくってる中古どもとは違って、男と手を繋《つな》いだこともなければキスだってしたことがない正真正銘の新品のはずだし、俺が頭の中でいやらしいことを考えているなんて知ったら、きっとショックで気絶くらいしてしまうに違いないのだから。

でも、疲れて辛《つら》くてどうしようもないときは、君のおっぱいに埋もれている夢を見て夢精してしまうくらいは、どうか許して欲しい。

「はぁい☆　あまぁ〜いミルクティー、お待たせしましたぁっ☆」

俺はゆうなたんと一緒に可愛い猫の絵の描かれたカップに『美味《おい》しくなる魔法』をかけた。

こうして喋《しゃべ》っていると、なんだか付き合い立てのカップルみたいだ……なんて考えてしまって、一人で赤面する。

後はひたすら、ミルクティーをちびちび飲みながら、ゆうなたんが一生懸命働くのを見守るだけだ。村山はもちろんまいんたんを目で追いかけ、他の物体は恐らくすべてログアウトしていることだろう。

変な客に絡まれていないか、同僚のメイドにいじめられていないか、そこかしこに目を光らせながら、俺たちはここに座っている短い時間だけ、お気に入りのメイドさんを守るナイトになる。

俺は決してゆうなたんのおっぱいだけを見ているわけじゃない。俺以上にゆうなたんのことを考えている奴なんて、いないいんだ！

「い、いらっしゃいませ！」

そのとき、サッと店内の空気が緊張するのがわかった。奥から中年男の店長が飛び出して来て、入り口付近でコメツキバッタのように何度も頭を下げている。

「なんでござろうな?」

「さあ……重役でも来たのかな」

ゆうなたん以外には興味のない俺も、さすがに何かが違うのを察して、店に入って来た客に目を向ける。

(……なんだ? あいつ)

そこにいたのは、この場には不似合いなスーツ姿の男が二人。そのうち背の高い方の奴の威圧感がハンパない。

見るからに高そうなグレーのスーツを着ていて、体つきはいかにも筋肉質、という感じで、まるで外国人みたいに分厚くがっしりしている。顔が上司にしたい芸能人で上位ランクに入っている俳優に似ていると思ったものの、その俳優の名前は忘れてしまった。

髪は少し明るい色に染めていて、ふんわりと後ろに流して軽く毛先が跳ねている。両耳にピアスもしているし、その出で立ちはとても普通のサラリーマンには見えない。だが、チャラいように見える風貌《ふうぼう》なのに落ち着きがあって、まず二十代ではなさそうだ。さすがに四十はいってないと思うけれど、貫禄《かんろく》があり過ぎて年齢不詳である。とにかくデカくて厳《いか》つくて、怖い。

「はわわ～イケメンでござるぅ……」

「声大きいぞ、村山」

そいつにつき従っているもう一人の男は恐らく部下なのだろう。そちらはザ・社畜といった典型的な中年の痩《や》せ形の男である。

さほど小さいというわけでもないだろうに、威圧感男の後ろにいると、まるでネズミみたいに貧相だ。俺は断じて隣に並びたくない、と思った。ネズミどころかミジンコくらいになって、ゆうなたんに幻滅されてしまう。

とかなんとか思っていたら、奴らが店長に案内された席は、よりによって俺たちの隣のテーブル席だった。思わずひいっと変な声が出そうになるのを我慢する。

俺の背後に座った威圧感男から、なんか、甘いような渋いような、やらしい香水の匂《にお》いがする。男のくせに香水なんかつけやがって、どこまでもいけ好かない野郎だ。

俺は今すぐにでもここから逃走したくなるのをなんとか堪《こら》えて、落ち着こうとまだ熱いミルクティーを少しだけ口に含んだ。村山は興味津々といった顔で俺の後方を観察している。

（だって、せっかく久しぶりにゆうなたんに会えたのに……！）

俺の乾いた日常の唯一の潤い、ゆうなたん。今はゆうなたんに会うために生きていると言っても過言ではないくらいなのに、こんな突然乗り込んで来た威圧感男のために至福の時間を削るなんて、あり得ない。

「お飲物は、何がよろしゅうございますか」

他の客とは違って、店長が恭しく注文をとっている。

「ホットコーヒーをひとつ。ブラックで」

初めて威圧感男の喋っている声が聞こえる。太くて低くて、よく通る。

声優学校に通っていた俺は、その男の声を内心妬《ねた》ましく思った。

俺の声は高い。緊張すると、もっと高くなる。声だけだと、よく女にも間違えられる。

貰《もら》える役は、大抵小学生か中学生あたりの少年役。よくても、高校生。

だけど、少年役っていうのは、女性声優でもできるし、男じゃなきゃ無理というわけでもない。やっぱり人気が出るのはある程度低音の声優だし、思いっきり低い声は全体的に見て少数だから、上手ければ重宝される。その業界で生き残っていける声なのだ。

俺は自分の声に嫌気がさして、声を低くしようと、喉《のど》を酒焼けさせようとしたり、煙草《たばこ》を吸って潰《つぶ》してみようともした。だけど、酒も煙草も全然続けられなくて、俺はこのどうしようもない声を変えることを諦めたんだ。

「お、お待たせしましたぁっ……」

コーヒーを運んで来たのは、ゆうなたんだった。きっと店で一番人気だから、責任ある役を任されたのだろう。

けれど、威圧感男の威圧のせいで緊張し過ぎているせいか、いつもみたいに明るく元気な声じゃない。自信がなさそうで、少しだけ震えている。

俺はいつもと違うゆうなたんが心配で心配で、ハラハラしながらその様子を見守った。

「あっ」

声を上げたのは、俺か、それともゆうなたんか。

ゆうなたんの指が滑って、トレイからコーヒーカップが転げ落ちた。

黒い液体は、そのまま大半が床に落ち、そして威圧感男の高そうなスーツの膝《ひざ》にも降りかかる。

「うわあっ、社長！」

向かいに座っていたネズミ男がひっくり返った声を上げて立ち上がる。すぐに店長がタオルを持って転げ出て、威圧感男の足下に這《は》いつくばって膝を拭く。男は相当熱かっただろうに、平然とした顔で、無表情にそれを眺めている。

「あ……、ご、ごめんなさ……」

ゆうなたんは泣きそうな顔で、どうすることもできずにただ立ち尽くしている。そんなピンチな状況のゆうなたんも健気《けなげ》で可愛くて、でもすごく可哀想《かわいそう》で、俺まで泣き出しそうになってしまう。

「本当に本当に申し訳ありませんでした！」

ゆうなたんが上手く謝れないでいる内に、店長が平謝りで威圧感男に頭を下げている。男はチラリと店長を見やった後、すぐに隣のゆうなたんに視線を移す。その鋭い眼差《まなざ》しに、雷に打たれたように、ゆうなたんの小さな体が震えた。

「接客態度がなっていないな。これがここのナンバーワンだとは」

例のあの低い声ではっきりと攻撃されて、とうとうゆうなたんの目からポロリと涙がこぼれた。

その、真珠のような無垢《むく》な輝き。初めて見た、ゆうなたんの涙。

俺は頭に血が上って、目の前が真っ白になった。

「ふ、ふ、ふざけんなぁ――――っ!!」

考えるより先に、声が出ていた。

「こ、こ、こーたろ氏っ?」

村山の慌てふためく声。店中の視線が、俺に集まっている。

けれど、もう何も考えられず、俺は衝動のまま叫んだ。

「ゆ、ゆ、ゆうなたんは誰よりも一生懸命なんだっ!! 可愛いんだっ!! ゆうなたんをいじめる奴は、こ、こ、この俺が許さないんだからな――――っ!!」

威圧感男の前に立ちはだかって、俺は高らかに宣言した。

すると、今までまるで表情を動かさなかった男が、ぽかんとした様子で目を見開いて俺を見つめている。

そのことだけでも随分胸がすっとして、俺は気が大きくなった。

そして、再び俺の思いの丈をぶつけてやろうとした、そのとき。

「ももも申し訳ありませんっ!!」

店長が思い切り慌てた調子で声を張り上げる。

俺に対して謝っているのかと思いきや、むんずとシャツの首根っこを摑《つか》まれて、猫の子よろしく問答無用で引きずられた。

「何すんだよおーっ!?」

暴れる間もなく、俺はポイッと投げ捨てられるように、店の外に追い出された。続いて、荷物のリュックサックが尻餅《しりもち》をついた俺の上に降ってくる。

「二度と来るなッ!!」

あの男に向けていた媚《こ》びた表情とは一八〇度違う鬼のような形相で言い捨て、店長は店の中に引っ込んでしまった。

「な……なんで……?」

俺はしばらく呆然《ぼうぜん》としたまま、動けなかった。

なんだって俺がこんな目に遭《あ》うのだろう。俺は、正しいことをしたはずだ。だって、ここでの俺の役割は、ゆうなたんを守るナイトなんだから。

「なんで……?」

俺はだらしない格好で座り込んだまま、ただそんなふうに呟くことしか、できなかった。

＊＊＊

「も〜！　こーたろ氏、短気過ぎでござるよ〜！　キレる若者だったでござるか⁉」

少しして後から店を出て来た村山は、ちょいデブの体をもどかしげに揺らしてぷりぷりと怒っている。

「びっくりしたでござる！　我が輩もアイスコーヒーとまいんたんを楽しむどころじゃなかったでござる！」

「ああ……悪かったよ」

村山はひとしきり俺に愚痴を言うと、気が済んだのかすぐにケロリとした顔になって、「また来週でござる！」と言って去っていった。切り替えの早過ぎる奴だ。

一方俺は、まだそこから動くことができずにいる。

あのときあまりにも無我夢中だった俺は、ゆうなたんがどんな顔をしていたのか、わからない。

けれど、一言、謝りたかった。

もしかしたら、俺のせいでますますあの店長に怒られてしまったかもしれないし、ネズミ男に嫌みを言われたかもしれないし、何よりあの威圧感男に酷《ひど》い目に遭わされてしまったかもしれなかった。

(ああ、大丈夫かなあ、ゆうなたん……)

ゆうなたんのシフトはもちろん把握済みだ。今日は七時には上がるはずだから、こうして店の前で待っていれば必ず会うことができる。

実はこれまでも出待ちをしようと思ったことはあるけれど、なかなか勇気がなくてできなかった。実際行動に移すのは、ゆうなたんに俺の気持ちを告白するときと決めていたからだ。だから、今日こんなことになってしまって、今こうして『らぶもえ☆めいど』のビルの前で待っているのは、正直とても不本意なことだった。

ビルのエレベーターを降りてちらほら出て来る『らぶもえ☆めいど』の客が、俺の顔をチラチラと見て、顔をしかめたり含み笑いをしたりして去って行く。

(ちくしょう、じろじろ見てんじゃねーよ……)

もちろん、小心者な俺はそんなことを口に出しては言えない。他人の視線すらまっすぐに受け止めることもできやしないんだから。

さっきみたいな行動は、正真正銘、人生で初めてのことだったんだ。

(相手が誰だって、ゆうなたんを泣かす奴は、許さない……)

俺は、自分が間違っていたなんて、微塵《みじん》も思わない。俺は、自分にできるだけのことをしたんだ。ゆうなたんを、守るために。

十月になったばかりだけれど、大きな寒波が来ていて、外の気温はもうほとんど冬だ。吐く息が少しだけ白い。

くたびれた中綿ジャケットのポケットに手を突っ込みながら、俺はひたすらゆうなたんを待った。マスターアップ明けで、本当はすぐにでもアパートに戻って布団を被《かぶ》りたいところだけれど、このままおめおめと帰るわけにはいかない。

あの店長の様子からして、俺は今後店には入れてもらえないだろうし、ゆうなたんと話せる機会も減ってしまう。それに、俺の尊敬する社長だって言っていたんだ。御礼と謝罪は時期が重要だ、って。

「やだあ。本当にいる」

聞き覚えのある声に、俺は爪先《つまさき》を見つめていた顔をハッと上げた。

「ゆうなたん……！」

そこには、コート姿のゆうなたんがいた。

白いコート。猫の顔がついたふわふわのマフラー。私服姿でも、やっぱりゆうなたんは超可愛い。

けれど予想外に早い時間に、慌てて時計を見てみると、まだ六時。俺が店を出てから、三十分くらいしか経《た》っていない。

「ど、ど、どうしたの？　き、今日は……」

「マジきもいんだけど」

ゆうなたんの顔は、笑っていない。

俺は、頭が真っ白になって、ゆうなたんが何を言っているのか、聞こえなくなった。

「出待ちとかサイアク。店にもこの辺にも二度と近寄んじゃねえよ。あのござるデブもな。ば──か」

ゆうなたんは本当に気持ち悪そうに頬《ほお》を引《ひ》き攣《つ》らせて、大きく舌打ちして、さっさと駅の方に歩いて行ってしまった。

「え……?」

あれ、今のゆうなたんだよな? と、頭の中の誰かが俺に尋ねる。

いや、別人だ。そう言いたいところだけれど、あれはやっぱりゆうなたんだった。

いつも聞いている声よりも一オクターブくらい低くて、下手すると俺よりもずっと男らしい声だったんじゃないかってくらい、全然違ったんだけど。いつもの弾けるような明るい笑顔じゃなくて、不機嫌な顔でメジャーリーガー並にめっちゃガム嚙《か》んでたんだけど。

あれは、ゆうなたんだった。

(なんで、怒ってたの? ゆうなたん、どうしちゃったの?)

一体、何がなんだか、わからない。

最初の台詞はなんなんだろう? 誰かが、俺が外で待っていることをゆうなたんに教えたんだろうか？

　いや、だろうよりも、最後の台詞は？　なんでゆうなたんは、俺にあんなことを言うんだろう？　そして、ござるデブって村山のこと？　その点はしっくりき過ぎてあまり違和感がないけれど。

「フラグ……折れたどころの、話じゃない……？」

「――おや？　君は」

灰になりそうな勢いでぼんやりしながらボソリと呟《つぶや》いたとき、今最も聞きたくない、よく通る低声が聞こえる。

見上げると、二十センチほど上の場所に、上司にしたい系俳優似の憎々しい顔がある。

「まだこんなところにいたのか。ちょうどよかった」

「……何がだよ」

余裕綽《しゃく》々《しゃく》といった様子に、俺はムカムカと怒りが込み上げてきた。

そもそも、ゆうなたんとのフラグがバッキバキに折れたのは、完全にこいつのせいだ。無駄に威圧的な態度でか弱いゆうなたんを怯《おび》えさせて、そして失敗したことを詰《なじ》ったりして。

ゆうなたんがあんな競馬でぼろ負けしてやさぐれたオッサンみたいになってしまったのは、全部こいつのせいなんだ！

「お前のせいで……お前のせいでっ……」

「ああ、そうだな。悪かった。だから埋め合わせに、食事でもおごらせてくれ」

「ふざけんなあっ‼　食事なんか、……って……え？」

怒りを爆発させかけて、男の珍妙な台詞に、思考停止する。

「お待たせしました社長！　あれ？　そいつは……」

後から慌ただしく出て来たネズミ男が、俺の顔を見て目尻を吊《つ》り上げる。

「坂下《さかした》。お前は社に戻ってくれ。俺はこのまま自宅に帰る」

「は？　い、いや、しかし……」

「特に問題はないだろう？」

有無を言わさぬ声で言われて、ネズミ男はグッと言葉に詰まり、渋々かしこまりましたと頷《うなず》いた。

最後まで納得のいかない目つきで俺をジロジロと睨《にら》みつけていたけれど、そんなのこっちだって納得いかない。

「おい、どういうことだよ」

「何がだい？」

「だから、食事だとかなんとか！　アンタにそんなことされる意味がわかんねえよ！」

「だから、お詫《わ》びだよ。君、あの子のファンだったんだろう」

直球で言われて、一瞬で頬に血が上る。

同じ職場やオタク仲間に言われるならまだしも、こんなリア充の固まりみたいな男に面と向かって言われると、自分があまりにも情けなくなる。

（いや、ゆうなたんを好きなことが恥ずかしいなんて思わないんだけど……）

それでも、やはり世間から見た自分の姿を、多少なりとも気にしてしまう。

「なあ。食事くらい、おごらせてくれるだろう？　俺は君に少し聞きたいこともあるんだ」

「……聞きたいこと？」

「ああ。君も、あの子のことをもっと知りたくないか？」

威圧感男の甘い言葉に、ごくりと唾《つば》を飲む。

もちろん、ゆうなたんのことだったら、なんだって知りたい。あれだけ店長にヘコヘコされていたこの男の立場ならば、何かしらゆうなたんのことは知っているだろう。それも恐らく、いや、願わくば、かなり個人的な情報を。

「君の名前は？」

「……秋吉倖太郎」

「そうか。俺は泉田《いずみだ》直己《なおき》だ。とりあえず、よろしく」

差し出された手を、わけもわからずにおずおずと握る。大きくて、分厚くて、温かな手だった。ゆうなたんを待って冷えきった俺の冷たい手がじんわりと温められて、俺はなぜか泣きたくなった。

これが、泉田直己という男との出会いだった。何を言っているかわからないと思うが、俺もなんだかよくわからないきっかけだ。交通事故に遭ったことはないけれど、多分似たようなものだと思う。

とにかく、泉田と会ったせいで、俺の人生は大きく変わってしまった。

そして恐らく、泉田自身の人生も。

悔しい、でも感じちゃう

もう何年も秋葉原には足を運んでいるはずなのに、泉田は俺のまったく知らなかった、洒《しゃ》落《れ》たイタリアンレストランに俺を連行した。

無駄に洗練されたあまりにも場違いな雰囲気で俺はかつてないほどに萎縮する。こんなのは秋葉原じゃない。秋葉原は、俺みたいなキモガリオタや、村山のようなござるデブが生きていける世界じゃないといけないはずなのに、ここは一体どこ次元なんだ。

とかなんとかで自分を宥《なだ》めている中、おもむろに男に名刺を渡され、俺はそこにプリントされた肩書きに首を傾《かし》げた。

「株式会社……フロンティア・エンカウンター……代表取締役……？」

「ああ。いろいろやってるんだ。あのメイドカフェも、そのひとつだよ」

「……ってことは……」

俺は今更、泉田が社長と呼ばれていたことを思い出した。このいかにも世界を楽しんでいる男は、俺が通いつめている『らぶもえ☆めいど』を作った張本人だったのだ。

「あのメイド喫茶もなかなか上手くいっているようだったからね。今日はたまたま、視察に来ていたんだ」

「そ、そ、そうだった……んですか」

「いきなり敬語にならなくてもいいよ」

ワイングラスを揺らしながら、ははは、と快活な声で笑う大人の余裕が憎たらしい。俺にとって予想以上に大物だった男を目の前にして、今までと同じぞんざいな態度を貫き通せるほど、俺は肝が据わっていない。

「秋吉君は、何をしているんだい」

「あ……。お、俺は……シナリオライターを……」

「へえ！　すごいじゃないか。どんなものを書いているんだ?」

さすがに、俺ははっきりと言うのを躊躇《ためら》った。メイド喫茶を経営しているくらいなのだから、オタク文化にもある程度は寛容だろうけれど、やはりエロゲーというアングラな単語をそのまま口にするのは勇気がいる。

「もしかして、美少女ゲームの類《たぐ》いなのかな」

口ごもっているところをズバリと言い当てられて、俺は目を丸くした。

「あっ。その……、はい」

「だから、敬語じゃなくていいってば」

泉田は困ったように笑った。店でいきなり罵倒《ばとう》した俺が、打って変わって萎縮してしまったのに違和感があるんだろう。けど、そんなのこっちだって同じだった。

「しかし、なるほど。君は未成年に見えるけれど、まさか十八禁のゲームを？」

「お、俺はもう二十歳《はたち》だっ！」

こうやってムキになるところが子供に見えてしまうのだとわかっているけれど、断定的に言われてさすがに腹が立った。そして、気がついたら敬語が吹き飛んでいる。

俺がようやく地を出したことが嬉《うれ》しかったのか、泉田は面白そうに笑った。

「ああ、そうか。悪かった。まだ十六かその辺りかと思ったよ」

「確かに若く見られることは多いけど……さすがに高校生じゃない」

「そうかい？　まだ中学生と言っても通用すると思うよ」

中学生まで引きずり下ろされ、俺は怒りを通り越してどーでもよくなってきた。さすがにそこまで言われたことはない。即売会で成人向けを買うときに身分証の提示を求められるのはもはやデフォルトだけれど。

「そういう泉田さんはいくつなの」

「君は、俺がいくつだと思う？」

「……正直、わかんない。三十代、だと思うんだけど……」

「当たりだよ。俺は三十六だ」

思っていたよりも歳を食っていた。せいぜい三十一くらいかと当たりをつけていたのだが、この男も自分ほどではないが若く見えるタイプのようだ。威圧感はすごいけど。

けれどそれでも、その歳で人気メイド喫茶他複数の事業をしているのは驚嘆すべきことだ。俺が三十六になったとき、何をしているのか——想像つかないし、正直、考えたくなかった。

「それで社長って、やっぱすげえや……」

「そんなことはないよ。秋吉君だって、社長になろうと思えば、明日からなれる」

「俺は……向いてないよ。人を使う方じゃなくて、使われる方だし」

「どうしてそう思うの？」

「だって……」

俺は、お世辞にも社交的だとは言えない。人に何かを教えるのも不得意だし、何より仕事を人任せにすることができない。結局、自分で全部やらないと気が済まないので、人を使うことができないのだ。

「アンタが俺に聞きたいことって、そういうことだったのかよ」

人生相談のような会話はあまりしたくなくて、俺は質問に質問で返した。

知り合った初日から、初対面の男にこんなふうに自分のことを何もかも打ち明けてしまうのは、どうもおかしいような気がする。今更ながらに、少し警戒心が芽生えてきた。

泉田はカラスミのスパゲティを優雅にフォークに絡めながら、鷹揚《おうよう》に微笑《ほほえ》む。

「もちろん、君個人のことも知りたい。ただ、君はあの店の常連のようだったから、何かいい意見を貰えないかと思ってね」

「ああ……。そういうこと」

　俺はミートソースのペンネを頬張りつつ、何か言えることがあっただろうかと少し思案する。けれど結局浮かんでくるのはゆうなたんの顔ばかりで、これだけ通っているというのに、店内の様子などまるきり思い出せない始末だ。我ながら、夢中になると他が見えなくなる性格に呆《あき》れる。村山なんかも大概そんなものだろう。

「悪いけど、俺、ためになる意見なんか言えないよ。だって、いつもゆうなたんしか見てなかったし」

「そう言えば、君はあの子が大分お気に入りのようだったね」

　そう言えばも何も、そのことが原因でこの男と口をきくことになったのに、すっかりそんなことなど忘れてしまったというような顔をしているのが気に食わない。俺に怒鳴りつけられたときには目を丸くしていたくせに、泉田にとってはそんなにも小さな出来事だったのだろうか。

「あの子は先に出て行ったから、外で君とも顔を顔を合わせたと思うんだが。何か話したのかな」

　そう訊《たず》ねられて、俺は硬直した。

まざまざと思い起こされる、あの顔。声。汚い言葉。

途端に、俺の胸は氷を抱いたように冷たくなった。

（あのときのゆうなたんは……ゆうなたんなんかじゃなかった）

強い否定の思いが込み上げる。あんな言葉を、あんな表情を、今まで夢中になって恋してきたゆうなたんだなどとは、認めたくなかった。認めてしまえば、何か大きなものを失ってしまうような気がした。今まで心の支えだった、大切な何かを。

「別に……別に、何も」

「おや、そうなのか。俺はてっきり、君はあの子を待っていたものだと思っていたから」

「違う！　あんなのは、ゆうなたんじゃなかった！」

思わず、強めの声を上げてしまい、すぐに我に返って赤面した。

泉田は、どこか哀れむような表情をして俺を見つめている。まるで、すべてを知っているというような顔をして。

その慈愛に満ちた目がしゃくに障って、俺はどうしようもない苛立《いらだ》ちに唇を噛んだ。

「実はね。近日中には発表されることだから言ってしまうが」

その声音に、何かとてつもなく不穏なものを感じて、俺は息を呑《の》む。

聞きたくない。そう口にする前に、泉田の唇が動く。

「あの子には、メイド喫茶及び現在所属しているアイドルグループを辞めてもらうことになったんだよ」

「へ……」

時間が止まる。

俺は呼吸が上手くできずに、陸上の魚のように喘《あえ》いだ。

「ど、どうして……なんでだよっ」

「前々からいろいろな噂《うわさ》はあったんだが、どうやら複数のファンと関係を持っていたようだ。いくつかの証拠写真もネットに出回っている。今日、事実関係も本人に確かめた」

俺は今度こそ、頭の中が空っぽになって、何も思考することができなくなった。

――複数のファンと、関係？

――証拠写真がネットに？

いや、確かにそういった噂は前からあったし、心ない発言の並ぶスレッドも見たけれど、俺はまったく信じていなかった。

（だって、ゆうなたんが、そんなことするはずないじゃないか。あの、ゆうなたんが）

「いろいろと貢がせていたようだ。金の切れ目が縁の切れ目で、フラれた何人かが復讐《ふくしゅう》のために写真をネットに流したらしい。今が大事なときなのに、酷い話だ。グループ全体に影響してしまう」

泉田の声が、頭の中を素通りする。

「ファンだった君には酷な話だが、アイドルは汚いイメージがついたら終わりだからね。これから売り出そうとしている子なら、尚更だ。遊んでいるキャラならまだマシだったが、あの子は清純そのもののイメージで売っていたからね。男好きのする容姿と反対の奥手な設定でギャップを狙《ねら》っていたんだが、それでこの醜聞では、もう取り返しがつかない」

泉田は喋り続ける。よくそんなにネタがあるなと思うほど、ずっと喋っている。

それからも、食事する間いろいろな話をしたように思ったけれど、俺はほとんど覚えていない。食事の味も思い出せなければ、会話の内容も曖昧《あいまい》だ。

ただ、ゆうなたんがアイドルもメイドも辞めてしまう、ということだけが、その言葉の刃《やいば》が、グサリと心臓に深く突き立ったまま、気づいたら俺はタクシーでアパートの前まで送られていた。

あっという間に、あのレストランで二時間ほどが過ぎていたんだ。

「ぼうっとしているけど、大丈夫かな。ほら、口元にミートソースがついているよ」

「あ、うん……ごめん」

口の端を指先で拭われて、生返事をする。泉田はその指をぺろりと舐《な》めると、同情的な眼差しで俺を見下ろして、また連絡するよと言って、タクシーに乗り込んだ。

車の走り去る音を背中で聞きながら、俺は二階建てのアパートの一階の、真ん中の我が家の鍵《かぎ》を開けた。

スニーカーを脱ぎ散らかしたまま、ジャケットも脱がずに、万年床の上にゴロンと横になる。手元にあったリモコンで暖房をつけると、忘れかけていた眠気が襲ってきた。

「ゆうなたん……」

呟いてみると、それが酷く遠くから聞こえてくるような気がした。

ふいに、強い性欲が込み上げてきて、俺は何も考えず、本能のままにファスナーを下げ、ジーンズを引きずり下ろして、息子《むすこ》を取り出した。

「ゆうなたん、ゆうなたん……」

寝ぼけているのにそこだけは元気で、うわごとのようにゆうなたんの名前を呟きながら、俺は一週間ぶりのオナニーに励んだ。

今までと違うのは、妄想の中でゆうなたんを本当に犯してしまっていることだった。以前の俺だったら、罪悪感でそんなことは絶対に考えられない。けれど、泉田の話を聞いてしまった後では、そんな想像も容易になってしまった。

全面的にあの男を信用しているわけではないのだ。けれど、今日ビルの前で会ったゆうなたんは、泉田の語っていたことと一致していて、実態のない妄想の前では、あまりにもリアルだった。

俺は、頭の中でゆうなたんに散々酷いことをした。けれど、酷いことをしているのは、俺じゃなかった。顔も見たことのない、名前も知らない、ゆうなたんと関係を持ったという、ファンの男たちだった。

乱暴に揉《も》まれるゆうなたんの大きなおっぱい。両方から吸われるピンク色の乳首。ゆうなたんはメチャクチャ感じていて、アソコはずぶ濡《ぬ》れ。

俺は実際見たことがないので、うちの会社の原画家の描くモザイクをかける前のアソコが、ゆうなたんの股間《こかん》に乗っかっている。

代わる代わる、犯されるゆうなたん。だけど、彼女はそれを悦《よろこ》んでいる。イヤイヤと言いながら、結局喘いでイキまくっている。ばるんばるんと揺れる双《ふた》つのおっぱい。

エロゲみたいな声で。エロゲみたいな顔で。

「ああ……ゆうなたん……ゆうなたんっ……！」

ずっと好きだった子が、目の前で犯されているのに、俺はこれ以上ないほどに興奮していた。俺が最もエロゲで好むシチュエーションは、まさにこの光景だったからだ。

（うう……寝取られ、最高……）

最後にゆうなたんを犯していたのは、さっきまで一緒に食事をしていた、泉田だった。逞《たくま》しい腰を振って、黒くてぶっといアレを、トロトロのゆうなたんのアソコに盛んに出し入れしていた。

ゆうなたんは白目を剝《む》いてひぎいと啼《な》いた。

俺はヒイヒイ泣きながらいった。

そして、恋が終わった。

＊＊＊

泉田から連絡があったのは、それからわずか一週間後のことだった。

マスターアップ後の休みもそろそろ終わり、プログラマーはパッチ作業に追われ、俺は次回作のプロットを考えなければいけない時期。けれど正直、俺は何もする気になれなくて、毎日横になって、部屋の隅に積み上っていたゲームを作業的に消化する自堕落な日々を送っていた。

『ゆうなたん、残念でござったね～。こーたろ氏～』

あの日の二日後に発表されたゆうなたんの引退のニュースに、村山が遠慮がちに電話をかけてきてくれる。

「うん……だけど、仕方ないらしいからさ。なんか、自業自得っぽくて」

『ええっ。こーたろ氏、随分冷静でござるなあ』

「ちょっと、そういう情報聞いて、覚悟できてたんだ」

そうでござるか～、と村山はどこか納得のいかない様子だった。それもそうだろう。だって俺はゆうなたんに恥をかかせた泉田に、あの場で食ってかかったほど、ゆうなたんに夢中だったのだから、本来ならこんなにも冷静であるはずがない。けれど、泉田とのことを村山に話すのはややこしくなりそうで、面倒だった。

『それはそうと、ものは相談なんでござるが！』

「なんだよ?」

『今年の冬コミ、一冊我が輩と合同誌を出してみないかでござる?』

「へ? だって、お前と俺ジャンル違うし……」

『合同誌じゃなくてもゲストでいいでござる！　今我が輩めちゃくちゃハマってるブラウザゲームがあるんでござるが、ぜひともこーたろ氏にもプレイしていただきたくっ……』

鼻息の荒い村山を適当にいなし、俺は通話を切った。

今はモチベーションが底辺過ぎて、何か新しいものに萌えられる気力がない。もちろん、何かに夢中になってこの憂鬱《ゆううつ》を吹き飛ばすのもひとつの手なのだろうけれど、何もかもが面倒で腰を上げる気にもならないのだ。

数分後、再びスマートフォンがバイブする。また村山かと思って辟易《へきえき》しながら手に取ると、泉田の名前が目に飛び込んできて、俺は思わず飛び起きた。

「も、もしもし……?」

『やあ、秋吉君。今、大丈夫かな』

「ああ、うん。平気だけど……」

電話越しの声は、一週間前に聞いたものよりもなぜか低く聞こえて、どこか別人のような気がした。

もしも時間があるなら、と前置きして、泉田は上野《うえの》駅前の喫茶店でお茶でもしないかと提案してきた。だらけた生活を送っていた俺はもちろん暇だったけれど、またあの男と会う意味が見い出せず、少し行くのを躊躇った。

しかし、泉田はあの『らぶもえ☆めいど』のオーナーだし、普通の生活をしていたら到底知り合えないような種類の人間だ。ここで縁を切ってしまうのも惜しいような気がして、俺は打算的な気持ちから、その呼び出しに応じることにした。

山手《やまのて》の沿線の安アパートに住んでいる俺は簡単な準備をすれば三十分以内にその喫茶店に到着できる。現れた泉田は、たったの一週間ほどなのに、随分と久しぶりに会ったような気がした。そして、相変わらず俳優っぽかった。かつ、やっぱり威圧感男だった。

ゆったりとしたニットのジャケットに、無造作に巻いたマフラー。コーデュロイのパンツに包まれた長い脚。いかにもイケメンでございぃ、な容姿。

通り過ぎる女たちが甘い視線を送っているのがわかる。ちくしょうイケメンが、と思いはするものの、俺はそれに嫉妬《しっと》すら覚えられない。

相手があまりにも完璧《かんぺき》過ぎると、自分と比較して惨めになることすらないんだな、と学習した。だって、俺だって自分が女だったらこんな男の隣に立ちたいと思うだろう。少し頑張れば並べそうなレベルの相手だったらまだしも、泉田くらいになれば自分と比べることすら思い浮かばない。そう、生まれついての格差というやつだ。もうこれはどうしようもない。悲しいかな、ウサギはいくら頑張ったってライオンにはなれないのである。

「君の書いたゲームをプレイしてみたよ」

「へあ」

落ち着いたシックな雰囲気の喫茶店で、藪《やぶ》から棒にそんなことを言われて、俺は思わず奇声と共に飲んでいたカフェオレを噴き出しそうになった。

この前会ったばかりの泉田が、一体どうして、そんなものを探すことができたのか。まるでわからない。

「どうして驚いてるんだ。君が自分のペンネームを教えてくれたんじゃないか」

「あ……、そう、だったっけ」

アハハと乾いた声で笑って誤魔化す。まさか、ゆうなたんの件がショック過ぎて、そこからの記憶が曖昧だなどと情けないことは言えない。

しかし、まさか自分のペンネームまで教えていたとは、酒も飲んでいなかったというのにボケているにもほどがある。俺って、もしかしなくてもかなり逆境に弱い人間なのかもしれない。

俺のペンネームは『abyss《アビス》』だ。なんとなくカッコイイからつけたのだけれど、今では名前負けしているような気がする。何せ、俺の書いたゲームは全然売れていない。

あれ？　でも、あれって「深淵」って意味なんだっけ？　だとしたら名前の通りなんだろうか。とんでもないペンネームをつけてしまった。

「ええと……。あの、どのゲーム？」

「『巨乳兄嫁食いまくり』と『極楽おっぱいみるくパラダイス』だ」

真面目《まじめ》な顔でイケメンがそんなイカレたタイトルを口にすると、ミスマッチ過ぎて思わず真顔になる。しかし渋い声と威圧感のせいで、なんとなく素敵なゲームにも聞こえる。

「その二つだと、結構最近かな……。な、内容は、ど、どうだった」

「ああ。なかなか面白かったよ。かなり短いと思ったけれど、君の会社は相当な短期間での製作を行っているようだから、仕方ないよね。お手軽な『抜きゲー』としては、まあよかったんじゃないかな」

さらりと「抜きゲー」などという言葉を口にされて、俺は目を丸くした。思っているよりも、泉田はこちらのゲームに詳しいのかもしれない。

そして、面白かったという感想を貰って、喜びを隠すことができない。自分でも単純だとは思うが、相手が誰でも、褒められれば俺はそれをそのままに受け取ってしまう。

いかにも嬉しそうな顔をしていたのだろう。泉田は俺を見て、少し言いにくそうにゆっくりと口を開いた。

「ただ、ちょっと気になることがあったんだが……」

「えっ。な、何」

「君、もしかすると、女性経験がないのかな？」

グサッ。俺の頭上に太いゴシックフォントが飛び出てくる。

またもや深く胸を抉《えぐ》るような言葉を投げつけられて、俺は赤くなったり青くなったりで忙しい。

「ど、ど、どうしてそんな……」

「いや、度々不自然な箇所が見られたのでね。もちろん、すべてをリアルに書くことがいいなどとは思っていないよ。ただ、少しそういった部分が多過ぎるかなと思ったものだから」

「そう、だったかな……」

泉田の率直な意見はありがたいけれど、こうまで社外の人間に面と向かってはっきりと言われたことはなかったので、正直かなり凹《へこ》む。もちろんネットではクソミソに言われてばかりだけれど、それにはもう慣れてしまった。けれど、こうして直接批判めいたことを言ってくる人間は、案外いないものだ。

しかし、もしも泉田がもっと俺に歳が近くて、もっとオタクな外見をしていたら、凹むよりもムカつきが勝っていただろう。

俺は、実績もさほどないくせに、プライドだけは高かった。他人に、特に異性に、バカにされることが我慢ならない。だから、見るからに俺よりも経験のありそうな年上の女は怖いし、年下でも遊んでそうな女は嫌いだった。俺は、自分が繊細だと自覚しているので、傷つけられるかもしれない相手からは、今まで全力で逃げてきたんだ。

けれど、泉田ほど年齢的にも、社会的にも格差のある相手ならば、恥ずかしいことを指摘されても、さほどショックではなかった。むしろ、悩みを聞いて欲しいくらいかもしれない。一人っ子で育った俺は、その聞き方すらもよくはわからないのだけれど。ただ、どういうわけか、今まで隠してきたようなことを白状してしまうのは、ある種の快感があった。

「……その通りだよ。俺、今まで一度も付き合ったことないし……」

「やっぱりそうか。だけど、意外だな」

意外と言われて、こちらも意外に思う。俺なんて、いかにもな容姿なのに、一体何が意外だって言うんだ。

「秋吉君、綺麗な顔してるじゃないか。スタイルもいいし。どうして今までそういう機会がなかったんだろうね」

「きっきっ綺麗!?」

「なんでそんなに驚くの」

(そりゃ驚くだろうが!!)

男に対して綺麗なんて言うのは腐女子くらいのもんだ、と俺の中では決まっている。それか、男が好きな男か、だ。

俺はハッとして、泉田を注意深く眺めた。まさかこいつ、いかにも女性経験豊富という顔をして、男好きだったりするのだろうか？　そう勘ぐった途端に、猛獣の前に放り投げられた肉塊の気持ちになってくる。

「あ、言い方が悪かったかな？　ごめんごめん。顔立ちが整ってる、って言いたかったんだよ」

「お、男に、普通そんなこと言わないよ……。っていうか誰にもそんなこと言われたことないし。俺、ずっとこんな感じの暗いオタクだし」

「へえ、それは驚いた。案外見ていないもんなんだね」

「い、泉田さん、男によくそういうこと言うのか……？」

耐え切れずにそう訊ねると、泉田はキョトンとした後に破顔した。

「変な警戒させちゃったかな？　心配しなくても俺は男にそういう気はないよ。結婚歴もあるしね。今はバツイチだけど」

「あ……。ご、ごめん」

「いやいや、いいよ。俺が君個人に興味があるのは本当だし。もちろんそういう意味じゃないけどさ」

我ながら本当に会話の運びが下手過ぎて嫌になる。何を聞いたら失礼なのか、そうでないのかもまったくわからない。泉田のように何を言っても笑って答えてくれる相手だと、尚更だ。

「あの……、なんで俺なんかに興味あるの」

「最初に店で怒鳴りつけられたときから面白いと思ってたよ。それに、君はシナリオライターだし。俺もそういう分野で事業展開してるからね」

「えっ。そうだったんだ。いろいろやってるって言ってたけど」

「うん、そうそう。まあ、それはおいおい話すとして……とにかく、君がどうしてこれまで女性と付き合ったことがなかったのか、聞きたいな」

なぜそこをそんなに気にするのかがわからない。リア充の会話というのはそういうものなんだろうか。

（ああ、でも確かに、会社の金子とかはそういう話してるよな……）

奴は今テレフォンセックスにハマっているらしい。あまりにもあほらしくて詳しく話を聞いたことはないが、高校でもＤＱＮ《ドキュン》な連中は女の話しかしていなかった。きっと世間一般の男からしたら、異性の話をするというのはごく普通のことなのだろう。

（俺だって女の話はするけど、二次元かゆうなたんだもんなあ……）

多分それはリア充たちからしたら女の範疇《はんちゅう》には入らないに違いない。失礼な話である。ディスプレイの中の彼女たちの方が、よっぽど綺麗で可愛くて、何よりも新品なのに。

「単純に、興味がないっていうか。ＡＶとかも、好きじゃなくてほとんど見ないから」

「ＡＶも？　どうして」

「なんか、生々し過ぎる。ゲームとか、アニメの方が好きなんだ」

「へえ……。今時は、そういう男の方が多いのかな……」

いかにも不思議そうな声で呟かれて、居心地《いごこち》が悪くなった。

多分、それは違うと思う。男ばかりの社内なので、ＡＶを持ち込む奴はたまにいるけれど、皆こぞってそれを見ようとする。手を伸ばさないのは、俺くらいのものだ。

皆二次元が好きと言っても、三次元に興味はある。実際付き合いたいと思わなくたって、男と女しかいないこの世界で、異性に対しての好奇心がない方がおかしい。それに、オタクの男たちは、リアルと十分に触れ合ってこなかった連中がほとんどなので、未《いま》だに現実を知らず、思春期のような旺盛《おうせい》な探究心を持っている。要するに、頭でっかちなのだ。

俺は多分、性欲が薄い。エロゲーは大好きだけれど、毎日それで抜いたりはしない。月に二、三回だ。この歳でそれは少な過ぎると言われたことがあるので、驚いて周りには言わなくなったけれど、俺にとってはそれが普通だった。あまりに自慰をしなさ過ぎて、体の方が限界になるのか、二十歳になっても夢精することが度々あった。それもきっと、かなりおかしなことなんだろう。

「だけど、もったいないよなあ」

「もったいない……？　何が」

「君のシナリオ、俺はいいと思うんだよ。短いながらも、工夫があってね。あと少し、そこにリアリティがあればいいと思うんだがなあ」

「リアリティ……か」

「秋吉君、女を抱きたいとは思わないの」

それにしても、この男は婉曲《えんきょく》というものを知らないのだろうか、と思うほど直球ばかり投げてくる。ただでさえコミュ障の俺はどう答えるのが正解なのか、皆目わからない。

「そ、そ、そりゃ……少しは」

「それじゃひとつ、俺が道案内をしてやろうか」

泉田の提案に、思わずぽかんとして首を傾げると、泉田はなぜか少し嬉しそうに微笑《ほほえ》んだ。

「ソープってやつだよ。知り合いがやってる店だから、安全性は保証する」

「え……ふえええっ」

またもや突然飛び出したリアル過ぎる言葉に、俺は思いっきり引いた。

「い、いや、無理だよ、さすがに……」

「なんだ、怖いのか？」

「あ、いや、そ、その……俺は……」

「大丈夫だって。君、まだ二十歳になったばかりなんだろう？　それじゃ、いろんな経験を買ってでもした方がいいよ。今回は俺がお膳立てしてあげるんだから、尚更だ」

とてもとんでもないことを言われていると思うのだけれど、まるで旅行にでも行こうというようなライトな誘いに、俺は目を白黒させるばかりで、どうしたらいいのかわからない。

「や、だけど、風俗なんてっ……」

「ライターとしても様々なことを経験するのは大切なことだよ。むしろ不可欠だ。それとも、君は童貞であることに何かこだわりでもあるのかな」

そのものズバリの童貞と言われて、俺は俯《うつむ》くしかない。

「それか……もしかして、その歳でそっちがもうだめになっちゃったとか？」

「そ、そんなわけねぇし！」

一週間前にも、ゆうなたんがアンタに犯されている妄想で抜いた、とまでは言わないが。

「じゃあ、何も問題はない。善は急げだよ。早速行ってみよう」

「えっ……へええええ!?」

なんだかこのパターンは最初のときも同じだったような気がする。口車に乗せられて、結局泉田のいいようにされてしまうんだ。

ていうかなんでこいつはこんなことまでするんだ。明らかに俺で遊んでいるようにしか見えない。だけど、いたいけなオタク男を弄《もてあそ》んで一体何が面白いんだろうか。謎《なぞ》過ぎる。

俺は混乱したままタクシーにぶち込まれ、そのまま泉田オススメのソープランドへと仔牛《こうし》のように連れて行かれた。

そして、俺の世界は文字通り一皮剝けた。

俺は悔しい、でも感じちゃう、の極意を体得し、長年の付き合いだった童貞に別れを告げたのだ。

ちなみに、一時間で六回以上はいった。最初の方は五分おきくらいに出た。

三日寝てないアンジェリーナ・ジョリーみたいな顔をしたお姉さんに、「山手線みたいだね」って言われた。

俺の知ってるえすえむと違う

「な〜んか最近、自信に満ち溢《あふ》れてるよな、こーたろ」

「そう？　何も変わらないよ」

どこか不満げに言うプログラマーの本田に、俺はフッと気怠《けだる》げな大人の笑みを浮かべてみせる。

（そう。俺は変わった。お前らとは別世界の人間になっちまったんだよ……）

俺は心の中で虚《むな》しく呟きながら、魔法が使えなくなったこの身を悲しく思った。相変わらずデュフデュフ言いながら流行のブラウザゲームとやらの萌えを捲《まく》し立てている、ござるデブことグラフィッカーの村山とも、俺は違うカテゴリの人間になってしまったのだ。村山はきっと立派な大魔法使いになれるだろう。さらば友よ。

それにしても実物の女体はまるで萌えない代物だった。いちばんの衝撃は、アソコがピンクじゃなかったことだ。しかも、海底生物みたいに恐ろしい形状で、俺のいたいけな息子が喰《く》われてしまうかと思った。ある意味喰われたけど。

あまりつぶさに観察すると萎《な》えるので意識して目を逸《そ》らしていたくらいだ。やっぱり、見ていて興奮するのは二次元しかない。現実って厳しいよな……と、俺はシニカルにストイックにクールに肩を竦《すく》めた。

「あれじゃないっすか。彼女でもできちゃったんじゃないっすか」

金子が面倒臭そうに頭を掻《か》きながら俺を横目で見る。それまで大人の風を吹かせていた俺は、その言葉ですっかり気分が醒《さ》めていった。

俺に彼女はいない。だけど、童貞ではなくなってしまった。

最初のソープランドに続いて、おっぱいパブ、ピンサロなど、泉田に誘われるままに俺は様々な風俗を経験した。

だけど、彼女はいないんだ。そのことが、妙な焦りを俺に植えつける。

しかし、一度火のついた好奇心は止まらない。最初のソープランドはあんなにも気が進まなかったのに、今では自分から泉田にリクエストをしてしまうくらいになった。

今夜も、俺はとうとうあの場所へ連れて行かれてしまう。

そう——ＳＭクラブに。

「っていうか今回のシナリオどうなってんだ、こーたろ。まだできねぇのか」

本田は滝のような汗を流して弁当屋のカレーライスを食べながら、俺を不機嫌に睨みつける。こいつは大食漢だがまるで太らない。食べている傍から大量の汗が出るので、燃費が悪いんだろう。ついでに、いつでも苛ついているので日常生活のカロリー消費が多いのかもしれない。

「大丈夫だよ。今週中には……すごいの書いてみせるぜ！」

「その自信はどっから来るんだ」

今書いているシナリオはちょうど陵辱もので、主人公はドMな女の子。ドSな男にアレコレされてしまう話だ。エロゲーは普通は男が主人公だが、今回は女の子の主人公で一人称で書いてみようと決めていた。というのも、それを理由にしてまた泉田にお膳立てをして欲しかったからだ。

周りには隠している、というか自分はSだと豪語しているものの、俺は実はMだ。女王様にいじめられてみたいという欲望はかなり前から持ち続けている。

俺はプライドが高くて、絶対に他人に、特に異性にバカにされたくないという気持ちがある半面、どうしようもない自分を罵《ののし》って欲しい、いじめて欲しい、という願望もあった。これはもうかなり昔からの性癖で、小学校でも綺麗な女の先生に叱《しか》って欲しくて、わざと目の前でいたずらをしてみせたくらいだ。

思春期に入ってからはそんなことはしなくなり、真面目で模範的な生徒になった。同時に存在感も薄くなり、担任教師ですら一年経っても俺の名前を間違えることがあったわけだが。

そのせいか、学校で怒られる経験はほとんどなくなった。家でも甘やかされていたので、俺は心のどこかで叱られることに飢えていたのかもしれない。

けれど、自分がMだなんてことは、恥ずかしくて絶対に言えない。そのことで軽んじられてしまうかと思うと、耐えられない。Mだからいいよな、なんて言われて本田や金子にいじめられる展開が容易に想像できるようで、俺は震え上がった。男なんかにいじめられたって、全然気持ちよくなんかない。

「そう言えば、秋吉サンて最近香水とかつけるようなりました？」

ふいに、金子が俺の首筋あたりに顔を寄せて、犬のように鼻を蠢《うごめ》かす。

「へ？　俺、何かニオイする？」

「ムスクの匂いしますよ。今まで完全に無臭だったのに」

「完全に無臭ってなんだ」

何も匂いがしないのもどうかと思うが、ムスクの匂いがどういうものなのかも俺にはわからない。自覚していなかったので、金子に言われて腕の辺りを嗅いでみると、確かに仄《ほの》かに甘いような香りがする。

（あ……。これ、泉田さんの匂いだ）

そう気づいたとき、たちまち顔が熱くなった。

匂いが移ってしまうほど、一緒にいたのだ。つまりそれは、頻繁にあの男に風俗に連れて行ってもらっていたことを意味する。

「ん？　どーしたんすか、秋吉サン」

「べ、別に……」

「おーい。今から社長来るってよ」

電話で話していた本田が社内に向かって声を放つ。だらけていた社内に、唯一緊張感が漲《みなぎ》る瞬間だ。役職とは名ばかりの偉そうな課長や係長は皆どうとも思っていないが、社長相手にだけは背筋を伸ばす。もちろん、この俺もだ。

「よう、やってるか」

「お疲れ様ですっ!!」

入り口の扉が開いて初老の柔和な顔が覗《のぞ》くと同時に、皆起立して頭を下げ、挨拶をする。社長は手を挙げてそれに応《こた》えながら、「課長、ちょっと来てくれ」と言い、部屋の角にあるパーテーションで区切っただけの社長室へと入って行く。

社長の姿が見えなくなった途端、皆ほうっと息をつき、椅子《いす》に腰を下ろす。現在社内では最も勤務年数の長い原画家の課長が社長を追いかけて社長室に入って行く。

そしてしばらくして、全員にお呼びがかかった。皆メモ帳とペンなどを手に持って、ゾロゾロと狭い社長室に乗り込んで行く。先日入ったばかりのグラフィッカーが何も持たずについて行こうとしたので、俺は慌ててそいつを捕まえて注意した。

「メモ帳とか持って行かないと、怒られるぞ」

「え？　どうしてですか」

「社長の言葉をメモするんだよ。そうじゃないと、不真面目だって思われる」

そうなんですか、と合点のいっていない顔をして、彼はとりあえずメモとペンをとる。

そう、俺も最初の頃はそれで怒られたっけ。社長が話すことは、別に仕事などの説明ではなく、偉い人の言葉を引用したいわゆるお説教というか、訓戒というやつだけれど、それでもメモはとらなきゃいけない。というよりは、そういう姿勢を示すことが大切なのだ。

ぞろりと並んだスタッフを目の前に、社長はいつも通りの演説を始める。

「皆もわかっていると思うが、今回出したゲームは初動がよくなかった。美少女ゲームは初動が大事なのはわかっていると思うが……いいか、売れる売れないの問題じゃないんだ。ものには会社全体のやる気が出る。人物が表れる。つまり、皆が前向きな気持ちで、謙虚な姿勢を忘れず、しっかりと助け合ってものを作れば、それは必ず作品に表れるはずなんだ」

皆がふんふんと頷きながら、メモに社長の言葉を写していく。後ろから見ているとわかるが、書いているふりをしてまったく文字には見えないものを書いているスタッフもいる。しかし、それはそれでいいのだ。姿勢を示すことが大事なんだから……と、俺は思う。

「稲穂も実るほど頭《こうべ》を垂れるというだろう。これはつまり……」

昨日のおっぱいパブで興奮し過ぎたせいで、今日は妙に疲れている。今夜だって念願のSMクラブに行くのだから体調は万全にしておかないといけない。

あまりの眠気に船をこぎそうになって、ハッと我に返る。

いけないいけない、尊敬する社長の話だってとても大切なことだ。おっぱいもとても大切なことだけれど、ＳＭクラブもすんごく大切だ。

「そういうわけだから、気合いを入れて、気を引き締めて、仕事に取りかかってくれ。いいな！」

「はい！」

最後の返事は皆元気よく声を上げ、俺たちはまたぞろぞろと社長室を後にした。さっき声をかけた新人がチラリと俺のメモを見て、首を傾げる。そこには失われし古代語のような、解読不能な筆跡がアーティスティックにのたくっていた。

＊＊＊

「倖太郎君」

指定された場所で待っていると、泉田が軽く手を挙げて駆け寄って来る。ラフに巻いた赤いマフラーがなびいて、カッコイイ。そんな何気ない場面もドラマのワンシーンのようで、俺は少し見入ってしまう。威圧感にも少し慣れてきた。

「ごめん、待ったかな」

「いや、俺もさっき着いたばっかだから」

「そうか、よかった。倖太郎君、夕飯は？」

「もう済ませた」

「それじゃ、早速行こう」

泉田はすぐにタクシーを拾って、今夜の目的地を告げる。

いつの間にか、泉田は俺を名字ではなく名前で呼ぶようになっていた。

そう言えば、と今更考えるのもおかしいが、なぜこの男は俺を頻繁に風俗へ連れて行ってくれるのだろう？

（もしかして、俺のこと、シナリオライターとして引き抜こうとしてる……？）

けれど、自分で言うのも情けないが、俺はいわゆる売れないライターで、知名度もほとんどない。これは業界に入ってから気づいたことだが、うちの会社はクソゲー製造会社として知られているらしいし、ブラック会社としても有名だ。

要するに、専門学生やまだ社会経験の浅い若い人材を使って人件費を安く抑え、こき使っている、ということのようだが、それでも、俺のように自ら金を払ってもいいから書かせてくれという奴らはたくさんいると思う。

ひとつのゲームを作る製作費だって、そんなに安いものじゃない。それを、素人《しろうと》同然の人間に任せてくれるのだから、いくら給料が安かろうと激務だろうと、喜んで仕事をするのは当然だ。

そんなひよっこライターを引き抜きたいなどと、若いやり手社長が思うだろうか？　答えは、否しか浮かんでこない。結局、童貞育成という単なる暇潰しか、自分が風俗に行くための理由に使われているか、どちらかだろう。前者が面白いかどうかはさておいて。

「今日の仕事はどうだった」

「いつもと変わんないよ。ただ、ちょっと社長にお説教食らっちまって。この前出したゲームの売れ行きがよくなかったから」

「ふうん、そうなのか。でも、以前に比べたら君のシナリオは格段によくなっていると思うんだけどなあ」

「えっ。まさか、遊んでくれたの。泉田さん」

「うん。君の書いたゲームはいつもチェックしているよ」

驚いて、ありがとう、と言いつつ、本当にどうしてそこまでしてくれるのか再び疑問が湧《わ》き起こる。

本当に、この男は一体何が楽しくて俺なんかと一緒にいたり、こうしていろいろと気にかけてくれたりするのだろう。

友達が皆無なこの俺が、こんなに連日特定の誰かといるのも本当に珍しいことだ。これだけ一緒にいれば、多少気心も知れて、コミュ障の俺でもさすがに気軽に話せるようになってくる。

というか、泉田が聞き上手なのだ。歳が離れていることもあると思うけれど、気兼ねなくなんでも話せて、俺はいつしか、この男と一緒にいることが心地いいと思うまでになっていた。

話していてもまるでストレスを感じない。比較的馬が合うと思える村山でさえ、会話中にイラッとすることは少なくないのに。

「俺、素人だったのにすぐにシナリオライターに使ってくれた社長に、本当に感謝してるんだ」

だから、今まであまり人には話してこなかったようなことも、口にしてしまえる。

「こんな俺でも、一応自分がプロだって言えるようになったのは、社長のお陰だし」

「君のところは、やはりそういった仕事の経験のない人が多いのかな」

「そうだな。でも、上手い下手じゃなくて、礼儀がなってない人は使わないって方針みたいだから」

「へえ……。社長って、結構歳がいってるの？」

「うん。定年まで普通に会社勤めして役員までいってるから、リタイア後の楽しみみたいなものらしいんだ。エロゲーっていうのがあれだけど、それは甥《おい》っ子さんがゲーム会社を作りたくて、それに出資して一応後継人の立場で社長に就いてるみたいで。その甥っ子さんはもう辞めちゃったんだけど……それでも社長は会社を続けてるんだ。若い人材を育てたいとかで」

「ふうん。面白いね。それで実際、人材は育っているの？」

その問いかけに、俺はぐっと言葉に詰まる。

「どうだろう。正直……辞める人間も多いし。人の入れ替わりが激しいかもしれない」

「まあ、この業界どこもそうだよね。だけど、それじゃその社長の言っている人材を育てるというのは、難しいかもしれないね」

「ぶっちゃけ……雰囲気悪いんだよ、うちの社内。文句があるなら辞めればいいのに、残って不満タラタラで、ネットとかにも内情暴露してる奴もいて。そんな連中と作ってたんじゃ、いいものできるはずないよ」

思わず、愚痴になってしまう。

うちの会社では、大多数の人間が同じ道を辿っていた。まず、入ってきたばかりのときは、希望に満ち溢れている。何せ、素人なのに仕事を任せてくれるのだから、興奮して当たり前だ。しばらくは仕事の楽しさで忙しさも忘れている。だが、次第に慣れてくると、新鮮味が色褪《いろあ》せ、激務に愚痴がこぼれ始める。そして、横暴な係長や課長への不満が起こり、そこで会社に失望してやる気もなくなってしまえば、辞めてしまう。もしくは、会社への不満を抱えつつ、それでも売れるチャンスを夢見て残るか、惰性で残るかで愚痴をまき散らしつつしがみつく。

けれど、誰も社長のことは悪く言わなかった。それは、社長の言っていることが正しいからだ。筋が通っているからだ。それに、きちんと礼儀を尽くしていれば、必ず仕事をくれる。

俺は、会社に入ったばかりのとき、今よりもずっと常識知らずで、軽々しい口をきき過ぎて、酷く怒られた。そして、決まりかけていた仕事の話が、流れてしまったんだ。

そのことがとてもショックで、俺は必死で会社に通い、雑務をこなした。不得意なことでも、進んでやった。社長の言いつけを守って、教えられたことは身につけた。

そうしている内に、社長は俺の努力を認めて、またチャンスをくれたんだ。結果は散々なものだったけれど、社長は俺を使い続けてくれている。本当に、社長には頭が上がらない。

「俺、社長に恩を返したいんだ。いいものを作って、ヒット作を出したい。そのために、この会社にいるんだ」

「すごいな。立派だ。君は本当にその社長を尊敬しているんだね」

「うん、もちろん！」

俺は思い切り笑顔で頷いた。

薄給も激務もなんのその。俺は、好きなゲームが作れればそれでいい。第一、他のゲーム会社へ行けば、シナリオライターで使ってくれないことなんか、わかり切っている。

そのとき、タクシーが秋葉原の駅前に近い路地の前を通り過ぎた。

俺はふと、その景色に嫌なことを思い出し、秘かに拳《こぶし》を握る。

（そうだ……俺は、絶対に成功してやるんだ。俺を見下した奴よりも、絶対に上にいってやるんだ）

遠くなっていく薄暗い路地を睨みつけ、俺は決意を新たにする。そうだ、もっとライターとしての腕を磨かなくてはいけない。そのためには、いろいろな経験が必要なんだ。自分の欲望のためだけなんかじゃない。断じてだ。

「本当に、君は面白いなあ……」

シートに深く座りながら、泉田は小さく笑っている。

「警戒心が強いくせに、一度信じればすぐに気を許す。きっと、騙《だま》されたことがないんだろうな。純真過ぎるのかもしれないね」

「え？」

「いや、なんでもないよ」

ふいに身を起こし、俺に向き合う。

真正面から見るとますますその顔は整って見えて、同性の俺でも少しドキリとする。

「そういえば、倖太郎君は、ここにほくろがあるよね」

そう言って、ついと俺の左目の下を指でなぞる。

「泣きぼくろだ。色っぽい」

「ええ……俺に色っぽいとか、よしてよ」

「いやいや、君もそろそろ、色っぽさが出てきてると思うよ。これだけ一気にいろんな経験をしているんだからね」

「あ、あのさあ……」

やっぱり、気になる。俺にいろいろと経験させようとする泉田の行動は、どう考えても、普通では有り得ないことだ。

「どうして俺に、こんなによくしてくれるんだ。俺は、アンタに何もしていないのに」

「ああ、そんなこと」

泉田は爽《さわ》やかに微笑む。

「俺も、君のところの社長と一緒だよ。若い人を育てるのが好きなんだ」

「そ、それで、俺を……？」

そうだよ、と泉田は頷く。笑っているはずなのに、なんとなく表情が読めなくて、少し怖い。

「怒鳴りつけられた経験なんて、ここ十数年、ほとんどなくてね。すっかり、君のことが気に入ってしまったんだ」

「えっ。そんなことで……」

「そうだよ。俺はちょっと変わっているもんでね」

まさか、あの出会い頭の出来事で、自分を気に入ってしまったというのか。その言葉にどうしても納得できず、俺はますます混乱する。

「今日行くところは、きっと忘れられない場所になるよ」

心なしかSっ気のある笑みを含んだ低音で囁かれて、俺はごくりと唾を飲んだ。

この変わっているにもほどがある男の行動は奇妙極まりないけれど、その恩恵を受けているうちは拒絶する理由もない。それに、これほど地位も金もあって容姿にも恵まれているような男に気に入られているということが、何よりも俺の自尊心をくすぐっていた。

今では、ゆうなたんのことを思い出すこともほとんどない。だって、ゆうなたんは中古だったし、もうメイドさんでもアイドルでもなくなってしまった。あの子はクソビッチだったんだ。もう未練も何もない。

そんなことよりも、今目の前にある刺激的な楽しみの方が、ずっと大切だ。

そう、俺だってわかってる。今の俺は、これまでの人生でいちばん、欲望に身を任せて生きている。最もバカで、先のことが何も見えない、愚かなドーブツに成り下がっているんだ。だけど、そのドーブツライフがとっても楽しい。「おいでよ！　フーゾクの森」。そんな下らないことを考えながら、俺は一人でウフフと笑った。ああ、人生薔薇《ばら》色だ。

＊＊＊

どこをどう走ったのかわからないけれど、タクシーは三十分ほどでそのＳＭクラブに辿り着いた。そこは一見しただけではまるでそんないかがわしい場所には見えない、落ち着いた雰囲気のバーといった感じだけれど、入り口でいきなり会員証の提示を求められた。泉田がカードを見せると、扉の先へ通される。

中は突然世界が変わったように、トランプのような白黒のモザイクの壁に黄金の獅子《しし》が一様に口を開けてズラリと張りついていて、仄暗い照明の中に怪しい道具やボンデージ衣装が陳列されており、その異様な光景に、俺はかなり狼狽《うろた》えた。

「会員制って……泉田さん、元々そういう趣味だったのかよ」

「いや、ここは取引先でもあるんでね。融通してもらったんだ」

「と、取引先？」

「ああ。言ってなかったかな。俺はアダルトグッズの事業もやっているんだよ。ここでも使ってもらっているんだ。……ああ、ほら、これなんかもそうだよ」

指差した先には、真珠の植わった毒々しい蛍光ピンクの極太ディルドが、まるで彫刻の如く恭しく台の上で照明を浴びている。めちゃくちゃ趣味が悪い。

「そんなこともやってるんだ。本当に、幅広いんだな……」

「いろいろと気が多くてね。さあ、行こう。女王様がお待ちかねだ」

優しく肩を抱かれ、女のようにエスコートされる。床の白黒のタイルはまるでチェス盤のようで、俺はただこの上でクイーンに踊らされる名もなき駒《こま》になるのだろう。そう考えると、ぞわぞわと体の奥から妙な疼《うず》きが上ってくるようだった。

足を踏み入れたその部屋は、まるで中世ヨーロッパのような豪奢《ごうしゃ》な造りになっている。四方を漆黒の壁に囲まれ、真っ赤なベロア調のソファに、シャンパンのボトルとグラスの乗った黄金のテーブル、天蓋《てんがい》のついたベッドには拘束するための手錠が備えつけられており、壁には鞭《むち》や荒縄、ボールギャグなど、ＳＭプレイに必要な道具は一通り揃《そろ》っているという印象だ。あと剣を持った中世の鎧《よろい》も飾ってあった。多分意味はない。

「っていうか、泉田さん、自分の部屋に行かないの？」

一緒に入ってきた泉田を、俺は訝《いぶか》った。いつもなら個々の部屋に別れてプレイに入る。いや、泉田もプレイをしていたのかはわからないけれど、こうして二人でひとつの部屋に入ることは初めてだった。

「女王様のご希望でね。観客が必要だという話だ」

「か……観客!?」

まさか、泉田の目の前で、俺はアレコレさせられてしまうというのだろうか。想像して、あまりにも恐ろしい光景に、俺は震え上がった。

「さ、さすがにそれは嫌だ！　勘弁してくれよ！」

「なぁにが嫌だって？」

いつの間にかドアが開いていて、そこから艶《つや》やかなボンデージウェアに身を包んだ女が入ってきた。

「もしかして恥ずかしいのかしら？　まるで人間みたいな口をきくのね」

「へ？　へっ？　に、人間って」

「あんたはもう人間じゃないの。家畜なの！」

ビシイッと鋭い鞭の音がする。俺はヒイッと悲鳴を上げて隣の泉田にしがみついた。

「さあ、家畜は家畜らしく、全裸でここに這いつくばりな‼」

「ひいいっ！　は、はいぃ……」

足下を容赦なく鞭打たれて、俺は涙目になりながら女王様の指示に従った。

けれど、早くも気分が盛り上がり、息子は少しだけ反応している。だって目の前の女王様は、今まで見たこともないようなナイスボディ。ピンヒールの編み上げブーツに包まれた長い脚。体のラインを強調するようなぴったりとしたラバードレスは胸の下までで、その上のはち切れそうな爆乳はモロ出しだった。

「さっさと服を脱げ！　このノロマ！」

「ひいっ……すみません！」

仮面で目元を隠しているのでどういう顔かはわからないけれど、すっきりと通った鼻筋と形のいい真っ赤な唇、瓜実顔《うりざねがお》の輪郭はかなりの美人と想像できる。これから思う存分美人にいたぶられるのだと思うと、俺の胸は弾《はじ》けそうに高鳴った。

俺が必死になってみっともない裸を晒《さら》して四つん這いになった頃、泉田はゆったりと赤いソファに腰かけ、一人で優雅にテーブルの上にあったシャンパンを飲んでいる。そして、まるで家でＤＶＤでも見るかのような無造作な視線で俺を眺め、口元に薄い微笑を浮かべているのだ。

（ああ、くそ……っ。でもこれ、なんかたまんないかも……）

恥ずかしくて、惨めで、プライドを粉々にされて。それなのに、俺は感じてしまう。だって、ドＭなんだもの。こうたろう。

「あら、貧相な体。まるで成長期前の坊やね！」

「う、うう……」

「こっちも随分お粗末じゃないの！　それなのに、一丁前に膨らんじゃって！」

「あっ」

ヒールの爪先で、そこをなぞられる。その冷たい感触に、俺は呆気《あっけ》なく体を震わせた。

「あら？　もういっちゃったの？」

「す、すみませ……」

「汚いわねえ。舐めなさい！」

白いものの散った爪先を差し出され、俺は泣きながらそこへ舌を這わせた。我ながら、味のしない精液だ。今日最初に出したものだというのに、無味無臭というのはどういうことだろう。ふと、金子の言っていた「完全に無臭」という言葉を思い出す。

そのとき俺は、脚を俺の目の前に出した女王様の股間が、下着も何もつけていない丸見えだったことに気づいて、また催してきた。

ヤバイ。ヤバ過ぎる。これじゃまた山手線だ。

「あはは！　若いわねえ。面白〜い。自分の汚い精液舐めてるだけで、またいっちゃいそうじゃないの！」

女王様の蔑《さげす》むような笑い声に、身が竦んで、下腹部が熱くなる。

「君は肉体的な痛みよりも、言葉で嬲《なぶ》られた方がいいのかな。最初からこんなふうになってしまうとは、予想外だよ」

「あ……アンタなあ……っ」

いじめられているのを楽しげに観察しつつ、完全に他人事《ひとごと》な口調の泉田に俺は屈辱に顔が熱くなってしまう。涙に濡れた目で睨みつけると、早くもシャンパンに酔ったのか、場の雰囲気に当てられたのか、わずかに目元が赤い。

「ああ、そうだわ、せっかくお客様もいることだし、ここはサービスしてあげないとね」

突然、女王様が名案とばかりに方針転換する。

「そこのブタ。お客様にご奉仕して差し上げて」

「へあ!?」

あまりにも予想外の命令に、俺は文字通り飛び上がって驚いた。

「ご、ご、ご奉仕って!? え、泉田さんに!? な、なんで!?」

「口応えするんじゃないよッ!」

ビシイッと肩の辺りを鞭打たれて、俺はひいっと啼いて床に這いつくばる。

「さっさとしな! お客様のものをお前の舌で清めて差し上げるんだよ!」

「うっ、うう……、そ、そんなぁ……」

俺は涙で顔をぐしゃぐしゃにしながらも、ヒリヒリと痛む肩の感覚に怯えて、ノロノロと泉田の足下へ這っていく。俺は痛みには強くない。これ以上叩《たた》かれるのは本気で怖かった。

けれど、そのやらされている感に興奮する。

「お前は家畜なんだから、手を使うんじゃないよ。全部口でやるんだ」

「は……はいぃ……」

命じられるままに、俺は泉田の股間に顔を埋《うず》めて、歯で咥《くわ》えてファスナーを下ろす。すでにそこが半ば隆起していることにおやと思ったものの、少しの違和感を気にしていられるほどの余裕はなかった。

四苦八苦してボクサーパンツを下ろし、ようやく泉田の陰茎を空気に晒す。その頃には、そこは結構な硬度を持っていて、先端は少しだけ濡れていた。嫌過ぎる。

「俺は思うんだが……君は本当に順応性が高いな」

「こ、こんな展開、全然予想してなかったっつーの!!」

「逃げ出すという選択肢もあったはずだが？」

「だ、だって……ッ」

今の俺は、全裸だし。脱いだ服は女王様がどこかに片づけちゃったし。そのまま外に出たら不審者だし。

などと様々な理由を並べてみるものの、どれも男の性器を咥えなければいけない危機に比べたら、比較するべくもない気がした。

第一、俺は拘束されているわけじゃないし、これは金を払ってやっているプレイだ。本気で嫌がれば、途中でリタイアすることだって可能なはず。それを頭のどこかでわかっていながらも、俺はこのままプレイを続行することを選んだのだ。

「ほらっ！　無駄話してないで、とっととしゃぶりなッ！」

「ひいいっ！　ふぁ、ふぁいっ」

尻を小突かれ、俺はええいままよと目を瞑《つぶ》って泉田のものを頬張った。

（うえっ……で、でか過ぎる……）

まだ完全に勃起《ぼっき》したというわけではないはずなのに、それは口に咥えることすら難儀なほどの太さだ。

それに、結構ニオイが強い。なんというか、泉田のつけている香水と混じり合って、怪しい薬のような、決していい香りではないにも拘《かかわ》らず、なぜか体が熱くなってしまう、原始的なニオイだった。

初めて咥える男のものに吐き気を催しながらも、俺は女王様の鞭が怖くて必死で頭を動かした。

（しょっぱいし、まずいぃ……じ、地獄だ……生き地獄だ……）

恐ろしく下手なはずなのに、泉田のものはどんどん大きくなり、先走りが後から後から漏れてくる。普通、ここは女王様のアソコを舐めさせられる展開のはずじゃないのか？　どうして俺は、男の巨根を泣きながらしゃぶっているんだろうか。

「んぐ、ん、うっ」

「もっと喉の奥まで呑み込めるかな？」

「ふぇ？　ん……、えう、う、ふんぅ」

頭を優しく撫《な》でられ、軽く後頭部を押さえられ、ようやっと呑み込んでいたものを、更に奥まで押し込まれる。喉の奥に先端が当たり、生理的に嘔吐《は》きそうになるけれど、泉田の手に押さえられて、引き抜けない。

奥からどろりとした唾液《だえき》がこぼれ、耳を塞《ふさ》ぎたくなるようなにちゃにちゃくぽくぽという音が大きくなる。俺が苦しがっているのをわかっているはずなのに、泉田は「うん、下手だけどなかなか気持ちいい」などと悠長なことを言って、自らもゆるく腰を動かしている。

（こ、こいつっ……Sかよ……！）

男に責められたって、嬉しくもなんともない……はずなのに、この場の雰囲気もあってか、俺は妙に興奮してしまう。

「あはは！　美味しそうにしゃぶってるわね！　さすが家畜だわ。ご褒美に、尻尾《しっぽ》でもつけてあげる」

「ん……んうう!?」

女王様の言葉に目を白黒させていると、尻の谷間にべちゃりと何かの冷たい粘液がかけられる。そして、すぐにぬるりと何かが肛門に侵入してきて、俺は堪《たま》らずに泉田から口を離そうとした。けれど、俺の頭をがっちりと押さえた泉田は、まるで力を緩めてくれない。

「こらこら。休んじゃいけないよ。女王様からお仕置きされてしまうからね」

「んうーーっ、う、ふう、んぶ、ん、んっ」

「ああ、ますます家畜らしくなったわね。とうとう人間の言葉も喋れなくなっちゃって」

俺は悟った。ここには、ドSが二人いるのだ。いわば二人の女王様によってたかって責められている状況なのだ。

（ＳＭクラブだって初めてなのに、な、なんでこんなハードな目に遭うんだーっ）

涎《よだれ》と涙と鼻水で顔をぐしゃぐしゃにしながら、俺は前後からの責めにひたすら耐え、んぐんぐと不明《ふめい》瞭《りょう》な鳴き声を上げる。この状態は、まさしく家畜だった。

「うう、ううぅ、んふう」

「ふふ、ここは気持ちいいでしょ？　男のくせに尻に突っ込まれて感じちゃうなんて、情けないわねえ！」

百戦錬磨の女王様の手慣れた道具遣いに、どこをどうされているのかわからないけれど、尻の中からじんわりと温かな快楽が全身に広がっていく。

「気持ちいいのかい？　倖太郎」

「ふう、ん、んぅ」

いつの間にか呼び捨てだ。けれど、その見下した口調が堪らなくて、俺は熱い息を漏らす。

「そっちに集中できるように、目隠しでもしてやろうか」

言い様、眼鏡をそっと外されて、女王様に渡されでもしたのか、手早くアイマスクを俺に装着する。視界を塞がれ不安になるものの、その分他の感覚が鋭敏になり、尻の中から与えられる刺激にも敏感になる。

「はあ、はう、ん、んふぅ、ん、ううっ」

俺は被虐感に酔い痴れた。顎《あご》が外れそうなほど太いものを咥えさせられる屈辱。喉の奥まで呑み込んでもすべてを収め切れないほどの大きさに対する畏怖。今まで自分でも触れたことのない、肛門などという場所から生まれる、未知の悦楽。

ぐちゃぐちゃぬぽぬぽというまるで女の子のアソコが濡れているみたいな音が、自分の尻から漏れていることに、酷く体が熱くなる。俺にとっての女の子——清純で可愛くて、綺麗な生き物。それを汚される瞬間の、処女性を奪われ堕落させられる、あの究極の喪失。そして、堕《お》ちた後は神聖性が失われ、ただの淫《みだ》らな生き物と化す、あの残酷さ。

ああ、今俺は女の子なんだ。ただのメス豚なんだ。いじめられるためだけの、犯されるためだけの、ただの浅ましい肉の器なんだ。

萌える。悔しいけど、萌えてしまうッ。

「んうう、ふうう、うう……っ」

「随分拡《ひろ》がっちゃったわ。これじゃ、この玩具じゃ物足りなさそうね。いやらしい家畜!」

にゅぽ、と露骨な音を立てて、何かが尻から抜けていく。拡がったというのは本当のようで、肛門がなんだか寂しくて、勝手にハクハクと入り口を収縮させてしまう。

「それじゃ、俺が預かろう。彼はそっちが気持ちよくて口がお留守だったんだ。このままじゃ生殺しだからね」

「んあ?」

今まで口の中に入っていたものをずるりと抜き取られて、俺はぼんやりする。

そう言えば、ずっと頭を押さえられて引き抜けないと思っていたのに、いつの間にかその手はただ髪の毛を撫でるだけになっていたらしい。そうすると、俺は自ら泉田の男根をしゃぶっていたことになる。けれど、そのことに羞恥《しゅうち》を感じるほどの自我は、もう残されていなかった。

「さあ、おいで。倖太郎」

「え……、あえ?」

脇の下に手を入れられて、軽々と持ち上げられる。涎を垂らしたままされるがままにぐんにゃりと泉田の膝の上に乗せられた俺は、尻に何かがぐっと押し当てられるのを感じた。

「ゆっくりいくよ……大丈夫、大丈夫……」

「ふあ……? あ……あ」

ぐぱっと大きく押し拡げられる音がする。さっきまで散々女王様にいじめられて口の緩んだそこに、それまでの道具とは比べ物にならないほどの太さのものが潜り込んでくる。

「へえ? やあっ、やばい、何? あ、あああ」

「大丈夫だよ、倖太郎。全部俺に任せなさい」

「あ、や、あ、んふ、う」

優しく背中を撫でられながら、恐ろしく鮮烈な感覚に狼狽《ろうばい》する唇を、無理矢理塞がれる。

深く食いつかれて、怯える舌を搦《から》め捕《と》られ、強く吸われる。

「んううっ！　ん、ふうっ、ふうっ……」

腰を強く摑まれ、口の中を犯されている間に、ぐち、にち、と生肉を潰すようなグロテスクな水音と共に、ずぶりずぶりと巨大なものが俺の尻の中に埋め込まれていく。

（あ……そうか。これ、さっきまで俺がしゃぶってた、泉田さんの）

そんなことに今更気づいて、愕然《がくぜん》とする。だけどもう、どこへも逃げられなかった。

「んーーっ、んうう、ふう、ふう、ああ、は」

「ああ、すごい……全部入ったよ……君の尻は初めてなのに、随分柔らかいんだな……」

恍惚《こうこつ》とした泉田の声に、俺はただ必死でその異物感の感覚と戦っている。もちろんこんなことは初めてで、尻を支配するこの形容し難いものをどうしたらいいのかわからない。貫かれているのは腰から下だけのはずなのに、まるで喉の方まで串刺《くしざ》しにされているような錯覚すら覚える。

ただ泉田にしがみついて、大きく胸を喘がせていると、ふいに、ぐりっと泉田の腰が動く。瞬間、稲妻が脳天から駆け抜けるように鋭い衝撃が走り、俺はびくりと全身を痙攣《けいれん》させた。

「悪いが、かなり長い間我慢していたんでね……少し、勝手をさせてもらうよ」

「い、ああっ！　やめっ……あ、ああああ」

泉田は、紳士的な声と相反するような激しい動きで、俺の体を揺すぶり始めた。ぐぽぐぽ

んだ。

立て続けに目の前に激しい白い閃光《せんこう》が飛び散るような感覚に打たれ、恥も外聞もなく泣き叫どちゅどちゅとものすごい音がする。俺はただ、快感なのか苦痛なのかわからないような、

「うあああああっ！　あああぁーーーっ!!」

「はあっ、はあっ、くう、ああ、すごい、いいよ、いい……倖太郎、君は素晴らしいよ、最高だ……っ」

尻臀《しりたぶ》を大きな手でめちゃくちゃに揉まれて、極太のものでずぼずぼと抉られて、俺は今まで見たことのない世界を見た。信じられないほど引き延ばされた入り口が痛い。痛いのにヒリヒリしてじわじわして、熱くてめちゃくちゃ気持ちいい。女王様にたくさん弄《いじ》くられた、尻の中の変な部分も容赦なく亀頭の笠《かさ》でゴリゴリ捲り上げられて、自分でもドバドバ先走りが漏れてしまっているのがわかる。腹の奥にドンドンされるのは苦しくて脂汗が出るほど辛くて反射的に体が上に引いてしまうけれど、だんだん麻痺《まひ》してそんな鈍痛もゆるい快楽にすり替わっていく。

「はああ……ひぃあああああ、あああああ」

「ああ……だんだんよくなってきた……？　すごいよ、倖太郎。何回もいってるね……君、シナリオライターよりもこっちの方が素質があるかもな……なんて、君が素面《しらふ》のときに言ったら、完全に嫌われてしまうだろうけど……」

独り言のように呟いて一人で笑っている泉田が何を言っているのか把握できないけれど、今の俺にはもうどんな嘲笑《ちょうしょう》も侮蔑も快楽の呼び水でしかない。

「気持ちいいかい？　ねえ……尻の中に男のものを突っ込まれるのは、気持ちいい？」

「い、いいぃ……すごい、気持ちひぃ……っ」

「そうか……可愛いなあ、君は……」

感極まったように、頬だの鼻だの額だのに熱い唇が這わされる。

アナルセックスは、本当に気持ちがよかった。ソープよりもおっぱいパブよりもピンサロよりも、ずっとずっと、比べられないほど、気持ちよかった。

大きいおっぱい揉んだりちんこ吸われたりするのは視覚的にも感覚的にも本当に気持ちよかったんだけれど、尻を大きなもので犯されて盛んに揺すぶられているこの状況は、もう五感のすべてを超越している。いけないお薬とかはやったことがないけれども、きっとこんな感覚なんじゃないかって思えるほど、天国か極楽か宇宙に飛んでいる。

体の中で花火が上がっているみたいだ。ドンドン突き上げられて、その度に快楽を覚える神経が大きく震わされて、目が潰れそうなほどの眩《まぶ》しい悦楽が尻の奥から洪水みたいにドバドバ溢れていく。

（俺……ヤバい。もう、山手線どころじゃないよお……）

ふと、今の自分と、かつて妄想したゆうなたんの痴態が重なる。ああ、そうだ、これはゆうなたんだ。いや、俺が数え切れないほど妄想してシナリオに書きなぐってきた、清純なのに淫乱《いんらん》な女の子たちそのものだ。処女だったのに、最初から感じまくって、何度も絶頂に飛んだり潮を噴いたり失禁までしてしまう、あのエロい女の子たちと、一緒なんだ。

（あ……すごい……こんなの、本当にあったんだ……全部俺の妄想だったのに、本当だったんだあ……）

オーガズムに飛び過ぎて呆《ほう》けたような顔になっているはずの俺は、きっと数多《あまた》のエロゲー原画家たちの描いてきた女の子のトロ顔と同じような表情になっていることだろう。

だけど、本当は違うんだ。俺がアヘ顔になりたいんじゃなくて、俺が女の子たちをそうさせたかったんだ。それなのに、なんで俺がこんなでっかいちんこ突っ込まれてアヘアヘ言っちゃってんだ。一体どこから間違ったんだ。

いつの間にか女王様の気配はなくなっていて、俺は泉田と部屋に二人きりでいるようだった。

泉田の膝の上に抱えられて、俺は収まらない快感に、ヒクヒクと震えている。尻の中にはまだどくどくと脈打つ泉田がいて、隆々と反り返っている。

なんで、こんなことになっているんだろう？　そう考えるけれど、まだフニャフニャの頭はまともに動いてくれない。確か俺は、SMクラブに行ってみたい、女王様にいじめられてみたいっていう、軽い気持ちでここへ来たはずだった。それなのに、どうして泉田に揺すぶられて、アンアン女の子みたいに喘いでいるんだろう。何度も考えるけれど、全然わからない。だって、すごく気持ちいいんだ。それでもういいじゃないか。そんな気持ちになってしまう。合掌。

そっとアイマスクを外されて、涙で歪《ゆが》んだ視界に泉田の顔が大写しになる。

「可愛かったよ。倖太郎……」

ねっとりと口を吸われて、俺は呆然としながら、絶望した。

ああ。もう、戻れないのかもしれない、って。

ガイアが俺にもっとホモれと囁いている

やってしまった。

正確には、やられてしまった。

「はあああああ……」

「でゅふ？　こーたろ氏、一体どうしたでござるか？」

「こーたろ、一日中ため息ついてんじゃねえよ、うぜえ」

いつも通り不機嫌なプログラマー本田に、すみませーん、と口だけで謝って、俺はまったく進んでいない目の前のシナリオを見やった。

ああ。今頃は、初めて味わったSMクラブでの体験をニヤけ顔で反芻《はんすう》し、悦に入っていたはずなのに。現実の俺は、ひたすら賢者タイム。いや、賢者よりももっと酷い、無気力モードだ。

尻を掘られてしまった。どさくさに紛れて。ホモでもないのに。

「はあああああ……」

「こーたろ、お前もう帰れ」

とうとう帰宅命令が出た。俺は抵抗することもなく、素直にラップトップを抱えて席を立つ。

村山が何かもの言いたげにしていたけれど、今の俺はどんな萌え話でも右から左だ。冬コミ原稿のことだってそろそろ考えなければいけないというのに、ネタがまるで思いつかない。

(それもこれも、あいつのせいだ……)

憤りはすべてあの男のもとへ向かっていく。

どうして、俺を抱いたんだ。女みたいに。

流れだったとしても、あそこまでする必要なんか、なかったじゃないか。

あのときは俺も快楽に溺《おぼ》れて夢中になってしまっていたけれど、一夜明けて襲い来た後悔の波は尋常じゃなかった。冷静になって考えてみれば、すべてが仕組まれていたようにも思えてしまう。あのSMクラブは、泉田の取引相手だと言っていた。だったら、事前に話を通して、ああいう展開に持っていくことも容易《たやす》いはずだ。

けれどここで、どうして俺なんか相手に、そこまでの舞台を作り上げたのか、という重大な疑問が発生する。それは今までも、幾度となく感じてきたものだ。どうして俺なんかに興味を持ってくれるのか。どうして俺なんかをいろいろな風俗に連れて行ってくれるのか。

泉田は君が気に入ったからだの、若い人を育てたいだの、いくつか理由を言っていたけれど、そのどれもが納得できるものじゃなかった。

そんなことを考えていると、突然、尻ポケットのスマートフォンが震えた。

息を呑んで名前を確認すると——案の定、泉田だ。

俺は耐え切れずに、切った。けれどすぐにまたかかってくる。

そのしつこさに少し怖くなって、俺は立ち止まって深呼吸してから、通話を始めた。

「……何」

『ああ、出てくれたね。よかった』

「もう切るよ」

『待ってくれ。君と話がしたいんだ』

さすがに切羽詰まった様子の声に、俺の中の決意が揺らぐ。

俺が憧《あこが》れても得られなかった、低くて渋い、男らしい声。そんな声を持つ男が、俺に懇願している。その事実は少しだけ、フルボッコにされた俺のプライドを慰めた。

「話なんか……別にないし」

『お願いだから聞いてくれ。少し時間をくれるだけでいい』

「俺、今外歩いてるんだよ。そういうの、迷惑だから」

『問題ない。俺の家で話そう』

「は？　一体、どういう——」

突然、俺の真横で車が停《と》まる音がした。

まさか、と思った次の瞬間には、俺の体は宙に浮き、黒いベントレーの中に引きずり込まれていた。

＊＊＊

泉田の家は、都心に近い、見るからに高級住宅街でございといった豪華な邸宅ばかりが建ち並ぶ場所にあった。外からは高い塀に囲まれて中を窺《うかが》い知ることはできないけれど、玄関から一歩中へ足を踏み入れれば、貴族でも住んでいるのかと思うほどのラグジュアリーな空間が広がっている。

吹き抜けの空間には豪奢なシャンデリアが輝き、女優が長いドレスの裾《すそ》を引きずって下りてきそうな洒落た階段が延びている。

「でっか……」

思わずそう呟くと、泉田が「住んでいるのは俺一人だ」と返してきて、俺は更に驚いた。

玄関先からざっと見ただけでも、無駄に部屋がたくさんある。ここに一人で住んでいるなんて、エコに反するにもほどがあるじゃないか。

「元々ここは家族で住んでいたんだ。俺は三人兄弟の末っ子でね。まず兄貴二人が結婚して出て行って、俺が結婚することになったら、今度は親二人が別の場所に引っ越したんだ。かなりリフォームはしたが、雰囲気は昔のままだよ。一人では広過ぎるのもわかっているが、なんとなく離れ難くてね」

聞いてもいないのに、泉田は勝手にそんな話を打ち明ける。

その離れ難い理由が、家族との思い出にあるのか、それとも別れたという妻との日々にあるのか、そこまでは聞けなかったけれど、あまり触れない方がいいのかと、さすがのコミュ障の俺でも考えた。

しかし、俺を拉致《らち》してきた相手にこんな気を遣うのもおかしいような気がする。あのタイミングからして、いつからかはわからないけれど、会社のビルの前で張っていたに違いない。どうしてそこまでするのだろう。理由がわからないから、不気味で、怖い。

「一体、どういうつもりなんだよ、アンタ……」

喉から絞り出す声が、掠《かす》れてしまう。

車の中では、驚きのあまり、ろくな抵抗もできなかった。抵抗したとしても、この残酷なまでの体格差じゃ、すぐに封じ込められてしまうことはわかっていたし、仕切りがあって見えなかったけれど、運転席には泉田の味方のはずの運転手だって控えていたのだ。どう考えたって、勝てっこない。下手に暴れて、縛り上げられでもしたら、それこそ逃げ出すチャンスさえなくなってしまう。それだけはごめんだった。

「安心してくれ。何もしないよ。今夜はお詫びをしたくて君を連れてきたんだ」

泉田は震える俺を安心させるように、柔らかな優しい声で語りかけてくる。

「う、嘘《うそ》だ……」

「本当だよ。君には指一本触らない。約束する」

思わず泉田の顔を見上げると、そこには真剣な顔がある。信じてもいいのかな、と思いかけて、いや、もう騙されないぞともう一人の俺が声を上げる。

「アンタ……やっぱ、ホモだったんじゃねえか」

「違うよ」

「じゃあ！　どうして俺にあんなことできたんだよ!?」

「君が可愛かったから。それだけだ」

即答されて、絶句する。

どうしてこの男は、こう理解できないようなことしか言えないのだろう。

「泉田さんって、可愛いと思ったら誰でも抱けるんだ……器用にもほどがあるだろ」

「俺は別に誰でも可愛いと思うわけじゃないよ。男相手には君くらいのものだ」

「信じられねえよ。ホモじゃないなんて、絶対嘘だ」

「わかった。それじゃ、証明してやろう」

泉田はすぐに手持ちのスマートフォンでどこかに電話をかけ、上等なのを二人、今すぐに、とだけ言って、切ってしまった。

そして、ぽかんとしている俺に向かって、信じ難いことを言った。

「高級コールガールをここへ二人呼んだ」

「へ……？　こうきゅう……こーるがーる？」

「普通ならばＶＩＰしか相手にしない、極上の女さ」

突然の急展開に、俺はまるでついていけない。話がしたいと言っていたのに、どうしてそうなるんだ？

「な、なんで、そんなの呼ぶわけ!?」

「別にこれが初めてじゃない。取引相手の中には自ら所望する男もいるし、俺自身そういう気分のときには使うこともある」

「だ、だ、だけど……!?　そ、それに、二人って……」

「俺がホモじゃないという証拠に、君の目の前で女を抱こうと思っただけだ。だけど、その間君も一人で何もしないんじゃ退屈だろう。だから、君の分も呼んだんだ」

さらりとなんでもないことのように嘯《うそぶ》く泉田の神経が、信じられない。

（おかしい。絶対におかしい。理解しろって方が無理だ！）

猛烈に帰りたい。だけど、じっと食い入るようにこちらを見つめている泉田の全身から、威圧感＋帰さないオーラが迸《ほとばし》るっている。しかし、このままここにいたら、そのわけのわからない高級コールガールとやらに変な目に遭わされてしまうかもしれない。

そう逡巡《しゅんじゅん》しているうちに、インターフォンが鳴った。どうやらまだお勤め中だったらしい家政婦らしき女性が奥から出てきて、「旦那《だんな》様、いつものご婦人方がいらっしゃいました」と告げた。通してくれ、と指示した後、泉田は彼女にもう下がるように伝える。

家政婦の女性と入れ替わりに、見るからに豪奢な毛皮のコートに身を包んだ、まったく同じ顔の美女二人が現れた。恭しく踊るようにお辞儀をする。その姿はまるで鏡映しのように綺麗に揃っていた。

「え……？　この子たちって……」

俺は彼女たちの顔を見て、思わず目を瞠《みは》る。

「もしかして、見たことがあるかな？　今では幻のモデルと言われているね。露出期間が極端に短かったから」

やっぱり、そうだった。一時期、かなり話題になった双子のモデルだ。彗星《すいせい》の如く現れて、雑誌の表紙や一流ブランドの広告を飾り、二人揃ってのＣＭにまで出たのだけれど、すぐにいなくなってしまった。

芸名は思い出せないけれど、芸能云々《うんぬん》に疎い俺でも知っているくらい、流行になった二人だ。

「え……？　でも、高級コールガールって……、え……？」

混乱する俺をちらりと見て、二人はクスクスと笑っている。その微《かす》かな声も、小悪魔な笑顔も、実在する人間とは思えないほど、美しい。

「さあ、彼女たちはこちらの方がお好みだったようだからね。ともかく、部屋へ行こうか」

泉田は逃がすまいとするように俺の手を引き、二階のどこかへ向かっていく。奥の部屋に入ると、そこには巨大な円形のベッドが中央に置かれていて、飲み物の入った小さな冷蔵庫、各種の道具の入ったガラス張りのチェスト、といった具合に、明らかなプレイルームの様相を呈していた。

「ああ、またここへ来るの、ほんとに待ち遠しかったよ」

「最近社長ったら、あんまり呼んでくれなかったんだもん」

部屋に入るなり、二人は同じ声で口々に喋り出し、スルスルと服を脱いでいく。俺は、その肢体の見事さに釘《くぎ》づけになった。この前の女王様のようにグラマラスというわけではなく、スレンダーなモデル体型だったけれど、まるでフィギュアのように完璧な四肢と、陶磁器のように艶やかな肌を持っていた。

「すまない、ここのところ忙しくてね」

「そんな言い訳いらないよ」

「でも許してあげる。他の子たちが皆来たがるの、私たち押し退《の》けて来たんだから」

俺のことなど目に入っていないかのように、二人はいそいそと泉田の服を脱がせていく。

「ああ、蘭《らん》、君はあの子の相手をしてあげてくれないかな」

「あの子もするの？」

「勃起もしなさそうなのに」

クスクスと、また例の綺麗な声で笑われて、俺はゆでだこみたいに真っ赤になった。

「でも、可愛い」

「いけない気分になっちゃいそうね」

「蘭の好みじゃないの」

「鈴《りん》だって好きそうよ」

まるで声がひっきりなしに反響しているように方々から頭に響いて、おかしくなってしまいそうだ。俺は催眠術にかけられたように、ベッドの上に押し倒された。細いガラス製のような指で眼鏡を外されて、視界がぼやける。

仰向《あおむ》けにされて気づいたが、この部屋の天井は鏡ばりだった。円形の大きなベッドの上で二組の男女が絡み合う、まるで万華鏡のように不思議な図柄。

「あ、大きい。すごい。これが欲しかったの」

「ずるい、鈴。途中で交代して」

「いいよ。その後も交代してくれるのなら」

「いいよ。楽しいことなら何度でも」

（ああ、ほんとに、どういう悪夢なんだ、これ）

夢のように美しい双子の悪魔に、犯されている。クスクスと間断なくこぼれる笑い声。合間に挟まる悲鳴のような甲高い喘ぎ。

泉田の言う通り、彼女たちはモデルなどよりもよほどこちらの方が好きなのだろう。熱中する子供たちのように、男の体を弄び、心の底から楽しんでいる。

「彼女たちはね、ディレクター、プロデューサー、共演のモデルからカメラマンに至るまで、現場で出会うほとんどの男たちと関係を持ってしまってね」

俺の上で笑いながら腰を振る女をぼんやりと見上げる俺の耳に、泉田の声が響く。

「それでこちらに変えたんだよ。こっちの方が向いているし、楽しい、ってね」

「そうそう、楽しい、楽しい」

「これさえあれば、もう何もいらないよ」

キャハハ、キャハハアハハ。

頭の中がぐちゃぐちゃだ。俺が今なんのためにこんなことをしているのか、これはいつまで続くのか、永遠に終わらない淫夢を見ているような、恍惚感。

俺はただ、濡れた音と、ベッドの軋《きし》む音、そして泉田の低い吐息を聞いていた。

（ああ、確かにアンタは、ホモじゃなかったらしい）

眼鏡をとられたせいで細部はよくわからないけれど、俺は泉田が女と交わっているところを初めて見た。

泉田は疑いを晴らし、俺もそれを認めないわけにはいかなくなったのだ。


「どう。俺がホモじゃないって、わかっただろう」

女たちを玄関まで見送った泉田が、部屋に戻って来る。

俺は起き上がれずに、ベッドに仰向けになったまま、天井の鏡を見つめている。

「どうしたの」

泉田がベッドに乗り上ってきて、重みで体が傾く。

「足りないのか?」

俺の顔の両側に手をついて、直接瞳を覗き込んでくる。ムスクの香りが漂う。

俺は何も答えられない。なぜなら、必死で考えているからだ。今、自分が何を感じているのかを。

「……抱いてやろうか」

俺は顔をしかめて、初めて視線を泉田に向ける。

「二人の女相手にしたのに、アンタ、まだできるの」

「できるよ。……君が可愛いから」

「だから……それ、おかしいよ」

文句を言い募る前に、俺は唇を塞がれている。下唇を食まれて、歯茎をなぞられ、歯列をこじ開けられて、ぬるりと太い舌を入れられる。

「ん……ふぅ、ん……」

鼻にかかった声が、甘ったるくて、気持ちが悪い。そもそも、泉田のキスなんか、拒絶しなきゃならないはずなのに、俺はどうして受け入れているんだろう。

次第に、靄《もや》のかかったような俺の思考が、姿を現し始める。

よくわからないけれど、胸の奥にドロドロと溜まっていくような黒い感情の影。

泉田と女が絡み合うシルエットを横目に見ながら、その濡れた音を聞きながら、吐息を感じながら、俺は、嫌で嫌で堪らない気持ちになっていたんだ。

「どうだった……？　あの子たちとのセックスは」

泉田は、俺の唇を啄《ついば》みながら、大きな手の平で、汗ばんだ肌を撫で回す。

「感じた？　よかったんだろう？　何せ、極上の女たちだ。姿形も……あの具合もね」

「感じなかった」

掠れた声で、それでもはっきりと否定する。

「あんなの、嫌だ。俺、全然よくなんかなかった」

「……そう？」

泉田が喉の奥で笑う。

「だけど君、何度もいっていたんじゃないの?」

「生理的に、出しただけだ。……気持ちよかったわけじゃない」

俺の硬い声音に、泉田は、ただ「そう」とだけ言って、それ以上確かめようとはしなくなる。

「それなら、お詫びに俺が君を気持ちよくしてやらないとな……」

胸を揉んでいた指が、くるりと乳輪をなぞる。思わず息が漏れるのを感じ取られないように、俺は唇を噛み締める。けれど、乳頭を口に含まれ、きゅうっと強く吸われたときには、堪え切れない小さな声をこぼしてしまう。

「ここは、好きかな?」

「……なんか、変だけど……別に、嫌いじゃない」

「上等だ」

泉田は執拗《しつよう》に俺の胸を舐め回し始める。指でくにくにと揉んだり、舌を絡めたり、指先で跳ねたり、軽く甘噛みしてみたり。そこに存在することすら忘れていた部分を、まるで新種の玩具のように弄くり回されて、翻弄《ほんろう》される。

「ぁ……はうっ、あ、あぁ……」

「少し、漏れてるね。やっぱり君は素質がある」

男に抱かれる素質がね、と続けられて、酷く屈辱的なはずなのに、俺はそんな言葉にすら感じてしまう。ぴゅる、と精液混じりの先走りが垂れたのがわかって、胸を喘がせる。

結局またこの男に喘がされている。

情けない。恥ずかしい。だけどそれが、気持ちいい。

「アンタ……よく、楽しめるな……」

「何を」

「俺なんかの、体……」

執拗に、俺の感じる場所を探り出そうとするように、全身を指で、唇で、舌で確認する泉田に、不可解なものを感じる。

あのＳＭクラブでの夜は、こんなふうにはされなかった。ただ、都合のいい道具のように扱われて、それでも俺はアヒアヒ感じまくって、絶頂に飛んでしまったんだけれど。

「俺は前にも言ったはずだけどね……君はスタイルがいいよ。手足がバランスよく長くて、まっすぐに伸びている。体のラインも綺麗だよ。だから言っただろう。恋人がいなかったのが、不思議だと」

「そんなこと言うの……アンタ、だけだから」

そう、この男だけだ。

あんなおかしな出会い方だっていうのに、それ以来俺なんかに構って、いろんなこと体験させて、終《しま》いには、ホモでもないのに抱いたりして。

そんなふうにされ続けて、いつの間にか、俺は、この男の『特別』になったつもりでいた。

だから、他の人間なんか、抱くはずがないと、心の底で思い込んでいたんだ。

ようやく、自分の感情の形が見えた。

俺は間違いなく、泉田に抱かれた、あの女たちに——嫉妬したんだ。

「あうっ……！」

ローションを尻にぶちまけられ、泉田の太い指が入ってくる。中を探るようにぐりぐりと掻き回されて、この前の夜を思い出し、早くも肌が火照り始める。

「君は、どうやらかなりのマゾヒストのようだが……それは昔からなのかな？　それとも、何かきっかけが？」

「っ……そんなの、わかんな……、あっ」

泉田の指が俺の感じる場所を探り当てる。腰が跳ねたのに気づいて、そのままそのしこりをコリコリと指の腹でこね回し始める。

「ああうっ！　あああ、ふあ、やあ、あ、ああ」

「俺はね、別にサディストじゃないんだ。マゾにいじめてくれと縋《すが》られたって、興奮するわけじゃない」

指を増やされ、めちゃくちゃにそこをぐちゃぐちゃといじめられる。恐ろしく的確なその動きに、乱暴な気配に、全身に汗が浮き、ひくひくと腰が震えてしまう。

「ただ、君のように純粋でプライドの高そうな子が、繊細な心を覗かせた瞬間や、快感に弱い部分を露呈した瞬間に、どうしようもなく疼くんだよ……本当に、どうしようもないくらいにね」

「ふあぁ、ああ、や、も、やらあっ、あ、ああ、はああ」

泉田の息が荒い。男の強い性臭が漂う。俺は喘ぎっ放しで、口を閉じることすらできない。尻がひくつく。早くどうにかして欲しくて、勝手に腰が蠢いてしまう。

「君は、なぜ俺が君に構うのか、ずっと理解できないでいる様子だが……」

「んふううっ」

ぬぽ、と指が引き抜かれる。咥えていたものを失って、直腸が収斂《しゅうれん》する。

「確かに、俺もわからなかったんだ……最初はね。だから、それを確かめたくて、君と一緒にいた……風俗は、ただ君といるだけの理由づけに過ぎなかったんだよ」

「ふえ……?」

その言葉のすべてを把握する前に、のしかかられる。天井の鏡に映っていた自分の姿が、覆い隠される。

「今はただ……君を、俺のものにしたい」

「あっ……」

足を大きく広げられ、尻の谷間に硬いものを押しつけられる。

「はあっ……、あ、あぁぁ……」

ぐぽっと大きな音を立ててそれは侵入し、ずぶずぶと深くまで埋められていく。

高く掲げられた自分の爪先が、熱さにビクビクと痙攣する。ずっぽりとすべてを呑み込む頃には、もうこの前と同じように、理性はすっかり蕩《とろ》けている。

「あはあぁ……はあぁ……」

(ああ……やっぱりこれ……気持ちよ過ぎるぅ……)

「はあ……君の絶頂の顔は……本当に、堪らない……」

泉田は俺に深く埋めたまま、俺の顔を舐め回し、唇にむしゃぶりつく。

「倖太郎……可愛いよ……可愛い……」

「んっ……はふうっ、んっ、んっ、ひいっ、はああ、あああっ」

泉田の腰がねばねばと動き始める。俺はその腰に触れ、初めてこの男の体が分厚く熱い筋肉に覆われていることを知った。

「はあっ、はあっ、ひいい、いい、いいよお」

「いい……？　本当？　こんなに細い体なのに入れられて、感じちゃうの……？」

「いいっ、いいぃ、気持ちひいい……っ」

舌を吸われながら、俺はみっともない声で泣き叫ぶ。

ああ、そう。これが欲しかった。さっきの女たちなんかよりも、ずっとずっといい。熱くて硬い体に抱き締められて、好きなように、思う存分、揺すぶって欲しいんだ。女の子みたいに――そう、俺が大好きだった、ディスプレイの向こうの、女の子たちみたいに。

「あぁ……俺もいいよ、倖太郎……君を抱いていると、本当に興奮する……」

「はあ、ああ、い、いの？　泉田、さん、も」

「いいよ……すごくいい……」

それと、俺のことは、直己と呼んで。そう耳に口を押しつけて囁《ささや》かれて、俺はヒイッと下腹部を震わせて、何度目かの射精をした。

「な、なおき、さん」

「そう……もっと呼んで」

「直己、さ……、は、あああっ、あ、あ、直己ひゃ、あ」

名前を呼ぶ度に、俺の中のものが太くなる。肛門がビリビリして、死ぬほど気持ちいい。俺も、名前を呼ぶだけで、中がうねって、男根を締めつけてしまう。

だって、初めての人だから。

何もかもを教えられて、今まで知らなかった快楽まで教え込まれて、俺は、この男の存在を、体に刻み込まれてしまったから。

（まるで、女の子みたいな考え方、じゃねーか）

俺がいつもシナリオで書いてきた、主人公にべた惚《ぼ》れになる清楚《せいそ》な処女たち。彼女たちは、主人公に初めてを奪われ、たとえそれが無理矢理に近いものであっても、抱かれてしまえば主人公を好きになってしまうのだ。

理性では、そんな女、バカだってわかってる。だけど、男はバカな女が好きなんだ。余計なことを喋る頭なんかいらない。女の子は、可愛くて、幼くて、優しくて、えっちで、男のするどんなことでも許してくれる天使みたいな生き物なんだ。

（そっか。俺、馬鹿なんだ。馬鹿な女の子と、同じ頭なんだ）

どうやら俺は、自分自身が書いていた女の子たちと同じような思考回路を持っていたらしい。それとも、そんな自分を演じているだけなんだろうか。

ぽたぽたと男の汗が落ちてくる。苦しげに顔を歪め、赤い顔をして、泉田が感じている。

「ああ……もう、限界だ……出して、いいかな……」

「いぃ、よおっ……、出して……出してくれよおっ……」

全身で泉田にしがみつくと、男は獣のような荒い呼吸で、激しく動き始めた。

「ああっ！　あひいっ、あっ、あっ、ひあ、あ」

「はあっ、はあ、ああっ、倖太郎、倖太郎っ……！」

余裕のない声が、俺を追い立てる。絶頂の境目もわからないほどに夢中になっている俺の体が、泉田の動きに合わせて、再び高みへと上っていく。

「ああ、ああ、いく、いくっ……」

「お、れもっ……、は、あ、なおき、さ……ッ」

俺が名前を呼ぶのと同時に、男の体が硬直した。大きく数度震え、しばらくゆるく蠢いた後に、弛緩《しかん》した。

俺も同時に白い世界へと打ち上げられ、瞬間、何も見えず、何も聞こえなくなる。

そして、相手も達したのだと肉体で感じた途端、ふんわりと大きな羽に包み込まれるような、深い安堵《あんど》と喜びを覚えた。

「はぁ……。すごかったな……」

俺の上にずっしりと倒れ込み、俺の髪を撫でながら、泉田は満足そうに吐息する。

「君は、どうだった。この前と、どちらがよかったかな」

「……そんなの……」

わかんねえよ。そう答えようとして、何かが急に頭の中で形作られていくのを感じた。

「あ」

「ん？　どうした」

「なんか……詰まってたシナリオ、書けそうな気がする」

それは、突然の感覚だった。今まで何も見えなかったストーリーの先が、霧《きり》に包まれぼんやりしていたその道筋が、見えたような気がしたのだ。

「なんだ、仕事に詰まっていたのか」

「だって、こないだあんなことあったし……だけど今、そのこと思い出そうとしたら、なんか……」

自分の体が感じていた、その感覚そのものを、使えるような気がした。

だって俺は、萌える女の子の考え方そのものを理解できるようになってしまったんだ。今までは完全に妄想で、偶像だったその存在が、突然身近なものに思え始め、これは書けるんじゃないかという気分になってきた。

「よくわからないが、俺は君の役に立てたのかな?」

「うん、多分……なんか、俺書けそうだよ。これで社長にも認めてもらえるようになるかも……!」

それまで優しげな表情で俺を見つめていた泉田が、ふと、複雑そうな面持ちになる。

「あのな……余韻に浸っているときに、他の男のことは」

「ああっ。今やる気があるうちに書き始めたい!」

俺は迸る情熱を抑え切れず、泉田の体を押し退けて、脱いだ服と一緒に部屋の隅に置いてあるラップトップまで転げるように膝で這って行った。

なんてことだ。怪我《けが》の功名過ぎる。こんなところからインスピレーションが湧くなんて、思いもしなかった。

確かに、最初に泉田の言っていたことは正しかったのだ。すべての経験は糧《かて》になる。男とセックスしてしまったことに絶望していたけれど、まさかそれが光明となるだなんて。

俺は思いつくままにダカダカとキーを打ち込んでく。

書き込んでいるのはもちろん妄想なんかじゃない。俺の実体験を基にした、確かなソースがある文章だ。

「君は本当に……面白いな」

背後でぼそりと呟く泉田の声が聞こえる。

いつかもそんな台詞を聞いたような気がしたが、その言葉とは違って、口調はまったく面白くなさそうだった。

アッー！　やめられないとまらない

俺はずっと自分を性欲の薄い人間だと思ってきた。

他の男どもに比べて自慰の回数も少ないし、溜まってどうしようもない衝動に突き上げられたこともない。

だけど、今の俺は多分どんな男よりも性欲過剰な気がする。いつでもどこでも、ふとした瞬間にアノ感覚を思い出して、欲情してしまう。

変な病気にでもなったんじゃないかってネットで調べていたけれど、どうやら前立腺《ぜんりつせん》という部分からくる弊害のようだ。害といっても、病気じゃない。ただ、前立腺を開発されることで、男はオカシクなってしまう場合もあるようだ、ということを知った。

だけど、今更知ったところで、多分もう遅いんだ。

「最近調子がいいじゃないか、秋吉君。今度のやつはシナリオの評判がかなりいいんだよ」

「そ、そうなんですか……光栄です！」

「君もだんだん成長してきたんだな！　うんうん、君はできる奴だと思っていた！　俺の目に狂いはなかったな！」

「あ、ありがとうございます……社長のお陰ですっ」

前回出したゲームの売り上げがよかったため、俺は社長室に呼び出され、直々《じきじき》にお褒めの言葉をいただいている。こんなことは今までにはなかった。売れたといっても他社と比べればまだ底辺だが、今まで最低ラインをひたすら滑空していたうちの会社からしたら、大躍進といったところなのだろう。

「今度、食事にでも連れて行ってやろう！　君は何が好きだったかな」

「あ……俺、なんでも大丈夫です。なんでも食べられます」

「そうか、そうか。それじゃ、今度の週末にでも美味《うま》いものを食いに行こう！」

社長が上機嫌で喜んでいる顔を見ると、俺も自然と表情が綻《ほころ》んでいく。誇らしい気持ちが胸に満ち、自分でも顔が輝いているのがわかる。

失礼します、と言って社長室を辞すると、スタッフたちから心なしか羨望《せんぼう》の目で見つめられる。最近じゃ、ほんの数人だけれど、俺のシナリオが好きだからと言ってこの会社に入ってくるスタッフもいるほどだ。少し前じゃ考えられなかった現象に、俺の自尊心は嫌でも満たされていく。

「こーたろ氏、すごいでござる！　社長に褒められたんでござろ？　我が輩も嬉しいでござる～！」

「へへっ。ありがとな、村山。でもお前も、塗りの技術すごく進歩してるって、社長褒めてたぞ」

「え……え～～っ！　まことでござるか～～！　ありがたき幸せ！　デュフフフフ!!」

「それにしても、一体なんで急にイイ感じになってきたんすかねー」

　金子の言葉に、ギクリとする。

「べ、別に……何もないけどさ。そんなに変わったか？　俺のシナリオ」

「変わりましたよ。自分で意識してないんすか？」

　意外だ、とでも言うように、金子は肩を竦める。

「前のは、なんつーか、こう言ったらアレですけど、童貞の妄想全開っつーか、読んでると自分のちんこまで皮かむってきそうっつーか」

「お前それ大分酷いから」

「いや、でも今のと比べるとそーなんすよ。文章の癖とかは全然同じなんすけど、臨場感？ってか、特にアレっすよ。アナル好きのコアなファンがかなり集まってきてる感じっすよ」

あ、そう、と精一杯気のないふりをしながら、俺の内心はもう仔ウサギのようにビクビクブルブル震えまくっている。

　アナル描写が執拗になったのは当然のことだ。おっぱいよりもまんこよりも、俺はそっちの方が大好きになってしまったのだから。

シナリオが評判になるのはもちろんいいことだけれど、ひょんなことから俺の個人的な性癖がバレてしまわないかと、俺は不安になった。

「秋吉サン、今まで肛姦《こうかん》モノなんて全然書いてこなかったのに、意外なところでアタリが出るもんっすね～」

「そ、そうだな。ニッチな層だけど、固定ファンがついてくれるのは、ありがたいよな」

本当はショタものや男の娘《こ》ものを書いて前立腺描写もバンバンしたいところだけれど、それは更にニッチになってしまうので、今のところ避けざるを得ない。女の子がアナルで感じるかどうかなんて、本当はまるでわからない。だって、女の子には前立腺がないんだから、俺が感じている快感とはまた別の感覚があるはずだ。

だけれど、俺はもう自分の感覚に沿ってしかものを書くことができなくなっていた。今までは妄想でなんだって書けていたのに、シナリオの評判は上がったのかもしれないけれど、俺自身のライティングの能力が下がったような気がするのはなぜなのだろう。

これまで頭の中ですべて描けていた映像が、まるで浮かんでこなくなった。浮かんで来るのは、泉田に教え込まれてきたプレイの数々だけだ。新しいものを書こうとしたって、それが未経験のものだった場合、まるで筆が乗ってこない。執筆期間は限られているというのに、書けなくなってスランプに陥り、結局あの男に助けを求めるという、その悪循環の繰り返しになっていた――いつの間にか。

『……で？　次は、どんなものを書きたいんだい』

スマートフォン越しに聞こえる低音が耳に入ってくるだけで、腰に甘い痺《しび》れが走る。

「あ、あの……」

『どうしたの。なんでも用意してあげるから、言いなさい』

「……メイドもの、だよ」

『ほう？　なるほど。それならば話が早いな』

ニヤリといつものS臭い微笑を浮かべている泉田がありありと想像できる。

「ま、まさか、あそこのメイド服用意する気じゃっ……」

『それ以外に何があると言うんだ。君だって大好きだったはずじゃないか』

「そ、そうだけど……」

口ごもりつつ、なんとなくこの展開を予想しなかったわけではないので、強く反対もできない。着たら幻想が崩されそうな怖さもあり、一方で、酷く興奮してしまいそうな予感もあった。

『今夜でいいか？』

「うん……なるべく早いと助かるから」

『わかった。それなら九時以降に俺の家に来なさい。夕飯は？』

「済ませて行く」

『忙しいな。今度の週末でも、ゆっくり食事をしたいものだが』

「あ……。今度の週末は、社長との約束が」

わずかな沈黙に泉田の不機嫌を感じ取り、俺はじわりと嫌な汗をかく。

「ごめん……」

『別に、構わない。君からしたら当然のことだろうしな。シナリオのために俺に抱かれるのも、すべてはその社長のためなんだろうし。そこはわかっているよ』

俺は何も言えずに、目を伏せた。冷や汗はすぐに興奮の痺れとなって背筋を上っていく。

今夜は、きっと酷くされてしまうのだろう。しかも、あの店のメイド服を着せられて。

『じゃあ、待っているから。気をつけて来なさい』

「うん……、ありがとう」

通話を切って、深くため息をつく。

いつからこんなふうに、泉田との会話で緊張するようになってしまったんだろうか。

俺が二度目の泉田とのセックスの後にインスピレーションを得て、猛烈な勢いでシナリオを書き上げてしまってから、ふと気づけば、妙にビジネスライクに、次の約束をさせられた気がする。「俺とのセックスでそんなにシナリオが捗《はかど》るのなら、君の仕事のためにも、またした方がいい」って。

だけど、そう泉田自身が言っておきながら、俺が仕事や社長の話をすると、あいつは不機嫌になるようになってしまった。しかもそれがかなりの威圧感で、怒ってはいないのにこちらを脅してくるような、変に重い気迫に満ちているものだから、俺も自然と身構えるようになってしまった。

泉田とのセックスは、相変わらず酷く気持ちいい。けれど、だんだんあいつは俺に意地悪なことをする頻度が増えてきて、何度もいかされた翌日は、会社を休まなければいけないほど疲れてしまうし、泣き過ぎて瞼が腫《は》れて、酷い顔になってしまうのが常だった。

「はあ……。なんか最近、怖いんだよな……あいつ……」

「やっぱり、恋人できてたんすねー」

「うわあっ!?」

背後から唐突に声をかけられて、俺はつんのめって、目の前の階段を転げ落ちそうになった。すんでのところで、金子に腕を掴まれる。

「おっと、あっぶな」

「お、お、お前っ……、驚かすなよお！」

「別に驚かしたつもりなんかないんすけどー。秋吉サン、電話に夢中だったし、声かけなかっただけっす」

それにしても、声をかけるタイミングが突然過ぎて、あの状況じゃ誰だって驚くはずだ。元々意地が悪いと思っていたけれど、この男は本当に人をからかうのがデフォルトで、わりとなんでも真に受ける俺とは、とことん気が合わない。

俺はそんな奴とこの非常階段の踊り場で二人きりでいるのも苦痛だったので、さっさと会社の部屋に戻ろうとした。

そのとき、金子の言葉が、俺の足を地面に縫いつけた。

「恋人、彼氏でしょ」

「へあ……?」

全身に寒気が走る。最も知られてはいけないことを、わりと知られたくないランキング上位の奴に知られてしまった、可能性。

「声、ちょっと聞こえちった。あんな渋い声の女、いるわけねえし」

なんとか必死で誤魔化そうとする前に、致命傷を食らう。会話の内容まで聞かれていたのかはわからないけれど、これは万事休すだ。

「それでいきなりアナルセックス描写、上手くなったんすね。あー。全部納得」

「ち、ち、違……」

「あ、別に下手な言い訳とか、いっすから。俺、別に言いふらそうってんじゃねーし。ホモじゃねえから、黙ってる代わりにやらせろとかエロゲみたいなことも言わねえし」

「お、お、俺だって、ホモじゃっ……」

懸命に弁明しようとするけれど、喋りたいことを上手く言葉にできない。焦りは募る一方で、俺は泣きたくなってきた。

けれど、ふいにまじまじと金子が俺を眺めて、ちょっと首を傾げる。

「確かに、ホモとかじゃないかもっすね」

「え……」

「アンタはさ。俺、ちょっと病院行ってみた方がいいんじゃねーかって思うんすけど」

「はっ……？　び、びょういん……？」

突然の奇妙な提案に、俺は呆気にとられ、却って冷静になってしまう。

「な、なんでだよ？　俺、別に病気じゃ……」

「染色体だっけ。調べてもらった方がいいんじゃないすかね。あ、それとも、もう自分のことわかってますか？　だったらごめんなさいですけど」

「……どういうことだ？」

俺は混乱して、バカみたいに聞き返すことしかできない。すると、「やっぱ、わかってねーか」と、金子は嫌な顔で笑う。

「声、変声期過ぎてるはずなのに高過ぎるし。喉仏ねぇし。それに、秋吉サンって、ヒゲほとんど生えないいんじゃねーっすか？　ここで一週間連続で泊まってても、アンタがヒゲ伸びてんの見たことねーし」

「お前……何言ってんの？」

「なんか体のラインも微妙に柔らかいっつーか。痩せっぽちの女みたいにも見えるし。二十歳越えてる男で、ちょっと珍しいっつーか。前にも知り合いでそういう子いたんで、ちょっとアレ？　って思ってたんすよ。あ、その子の場合は逆だったたんですけどね。女の子」

「……なんだかよくわかんねえけど、俺別に変なところねえから。余計なお世話」

金子の言っていることはまるでわからないが、何かすごく失礼なことを言われている気がして、俺は怒りを堪えて金子を押し退け、非常階段のドアを開けた。「すいませんっしたー」とまるで心の籠《こも》っていない謝罪が背中を追いかけてくる。

病院云々のところは意味不明なので置いておくとして、厄介な奴に知られてしまったかもしれない、と思う。

泉田との関係は決して恋人などではないものの、やっていることは確かにそれに近い。いわば、セックスフレンドとでも言えるものなのかもしれないけれど、俺自身、この状況をどう呼んだらいいのか、わかっていないんだ。

ただ、仕事のために会っているのだろうか。そう言い切ってしまうには、いろいろな感情が交じり過ぎている。

だって、いくらアナルセックスが好きだからって、相手は泉田以外には考えられないし、他の男に——例えば金子に抱かれると仮定して想像してみると、絶対零度の寒気に襲われる。

あの夜の高級コールガールたちにも俺は嫉妬を覚えていたし、独占欲のようなものは持っているのだと思う。

だけど、その先はわからない。そして、泉田の気持ちも。

＊＊＊

そして俺は今日も、泉田の家の前に立っている。

約束の時間を十分過ぎてしまった後にインターフォンを押すと、俺をカメラで確認して無言で門の施錠が解除される。

玄関に入ると、スーツ姿の泉田が俺を待っていた。

「やあ、いらっしゃい、倖太郎」

「お邪魔します……。直己さん、仕事から帰ったばっかだったの？」

「いや、戻ったのは少し前だったんだけど、少し持ち帰った仕事をしていたものだからね。シャワーも浴びていなくて申し訳ないが」

「べ、別に、いいよ……そんなの」

これからすることを露骨に示されているようで、顔が熱くなる。

そのとき、泉田のスマートフォンが鳴った。「すまない」と俺に断って、通話を始める。

「もしもし、坂下か。さっきの話だろう？　何度も言うが妥協はしない。あいつにも伝えろ。

それと、今回入った外注のデザイナーだが、あれはもう使うな。代わりはいくらでもいる」

（そう言えば、こいつって社長、なんだよな……。しかも、いくつも会社持ってて）

部下と会話を始めた途端に、初めて泉田を見たときのように、厳つい顔になり威圧感を発するのを見て、俺は自分が怒られたわけでもないのに緊張した。仕事をしているときは、多分いつもこうなんだろう。俺と一緒にいるときとはまるで別人だ。

（忙しい社長の、たまのお遊び、って感じなんだろうな、俺って）

やがて泉田は通話を終え、「すまなかったね」と言ってふっと微笑み、俺の肩を抱いた。

「さあ、早速見せてあげる。君のために持ってきた、とっておきの衣装をね」

そのまま二階の泉田の部屋へ連れて行かれる。二十帖《じょう》ほどの広い室内には、どかんとキングサイズのベッドがひとつ。他にはベッドサイドに小さなテーブルがひとつと、ウォークインクローゼットがあるくらいで、見るからに寝るだけの部屋というシンプルさだ。

そこへ、泉田がわざわざ持ち込んだのだろう、見慣れないマネキンが置かれている。マネキンがまとっているメイド服を見て、俺は予想と違ったそのデザインに少し驚いた。

「あれ？　これって……」

それは、ゆうなたんが着ていた『らぶもえ☆めいど』のコスチュームではなく、今まで見たことのないメイド服だったのだ。

俺の反応を見て、泉田はおかしそうに笑った。

「ご期待に添えず、申し訳なかったかな」

「い、いや、そんなことねえし！　でも、これ……どこのメイド服だ？」

「君も知っているとは思うが、うちはメイド服の製作、販売もやっていてね。これはその新作なんだ」

「へえ……そうなんだ。正統派な感じだな……」

黒地のAラインのワンピースに、白いフリルのエプロン。少し短めの丈は豊かなフリルが可憐《かれん》で、その下のペチコートも、フリルが幾重にも重なるふんわりとしたデザインで、少し透ける素材が綺麗だ。ふんわりしたパフスリーブも可愛らしい。

「モデルにはこれにこのカチューシャとニーソックス、エナメルの靴を合わせるつもりだ。君も同じものを着てみてくれ」

「うーん。新商品なんか、着ちゃっていい、のかな……」

「別にいいよ。替えはいくらでもあるんだからね」

暗に、いくらでも汚していいのだと言われたようで、また体温が上がってしまう。

「あの、じゃあ、シャワーを」

「そのままでいい。君は完全に無臭だからな」

また言われた。なんだ、完全に無臭って。

これ以上余計なことを考えないように、俺はさっさと着ているものを脱いで、マネキンの着ているメイド服に腕を通した。

　実際身につけてみると、すべてのものが誂《あつら》えたようにぴたりと体に合い、ほとほと感心してしまう。一体どうやって俺のサイズを覚えているのだろうか。測られた覚えなどないから、すべて感覚なのだろうけれど、確かにそれだけ情事を重ねてしまっているのかもしれないと思い、いたたまれない気分だ。

「ふむ……すごいな。これほど似合うとは」

「これ、サイズは？　少しスカートの丈が短い気もするんだけど……」

「実はSサイズなんだ。君はかなり細いからな。丈が短いのは、百五十センチくらいの子が着ることを想定しているからだろう。だが、君の足は実に綺麗だから、そのくらい短い方が俺は好みだ」

「あ……、そう」

　あまりにも熱心に観察されて、俺はどぎまぎする。泉田は、賞賛の言葉を惜しまない。それは、俺のシナリオに対しても、そして容姿に対しても。

　仕事に対する賛辞は純粋に嬉しいが、容姿に対してはまったく耐性がないために、酷くむず痒いような気持ちになる。可愛いだの綺麗だの、女の子に言うような台詞を何度も浴びせかけられて、それに慣れてしまいそうになるのが怖い。

　泉田は心いくまで俺を観察して満足したのか、ほうと熱い息を漏らす。

「そうやっていると、君は本当に少女のようだな。このままその商品のモデルになって欲しいくらいだよ」

「や、やめろよ！　冗談じゃねえし！」

「嫌か？　人前に出るわけじゃない。まあ、メイクアップアーティストやカメラマンには立ち会ってもらうが、世間に向けてはただ写真を商品サンプルとして通販サイトに載せるくらいだぞ」

「それが嫌なんだよ！　とんでもないこと言うな！」

本気で嫌がっているのがわかると、泉田は「ふむ、もったいないな」と実に残念そうに呟いた。

けれど、こう立て続けに女みたいだと言われると、さすがに凹んでくる。俺はやっぱり、どこかおかしいのだろうか。普通の男ではないのだろうか。

今までなんの疑問も抱いてこなかったというのに、あんな嫌な奴の言葉ひとつで動揺させられていることが、不満だった。

「俺って、そんなに……女みたい？」

「ん……？」

俺の顔色に気づいたのか、泉田が気遣わしげな声になる。

「どうしたの。誰かに、何か言われたのかな」

「……なんか、同僚にさ。病院で診《み》てもらった方がいい、とか言われて。染色体がどうのとか」

「ああ。……そういうことか」

わずかな言葉だけで、泉田は金子の言わんとしていたことを察したようだ。

「確かに、その可能性はあるかもしれないが……体調に特におかしなところがなければ、別に行く必要はないと思うけれどね。どこか不都合があるのかい」

「別に、何も、ねえよ」

性欲過剰になってしまったところ以外は。という台詞は口に出さずにおく。それは原因がわかっているから、俺の持って生まれたこの体とは関係ない。……と、思いたい。

「俺は君が何者であろうと構わないよ。君が気になっているなら行ってみればいいし、気にしていないのなら、行くことはない。俺にとって君が君であることは変わりないからね」

「うわ……。女ったらしの台詞」

「そうだよ。君をたらし込もうとしているんだ。君は女ではないけれどね」

照れもせずににっこりと微笑む泉田に、ほとほとこいつは自分とは違う人種だと思い知らされる。俺には、一生かかっても、そんな台詞は言えそうにない。

「ああ、そうだ。ちょっとバスルームへ行って、そこにある下着を着てきてくれないか」

「え？　わざわざ？」

「だって、君のシナリオのためなんだろう？　女の子が男物の下着を穿《は》いていたら、おかしいじゃないか」

「そ、それは……そうだけど」

そう。これは仕事のためなんだ。社長に恩を返すためなんだ。俺自身が、もっと上に行くためなんだ。

そう己を鼓舞すると、俺はどんな恥ずかしいことでもできてしまいそうな気がした。何しろ、今まで頭でっかちで本やネットから得た知識だけで書いていたものが、今度は自分が体験したことでないと書けなくなってしまったのだから、なんでもこの体で覚えていかなくてはならない。

泉田も、それをわかってくれているからこそ、こうして遊びも兼ねて付き合ってくれているのだ。

俺は言われるままにバスルームへと向かい、そこに置いてあった女性用下着を身につけた。可愛らしいピンク色のショーツだ。繊細なレースが施してあり、フリルもついていて、下着というにはかなりゴージャスな気がした。

とは言っても、女の子の下着なんかほとんど目にしたことのない俺だから、普通に街を歩いている女性たちも、このくらいのデザインのものを日常的に穿いているのかもしれないけれど。

「穿いてみたけど……」

　おぼつかない足取りで部屋に戻る。女性用の下着だから当然なんだけれど、息子の収まりが悪くて、きついし、穿いていてとても気持ちいいとは言えない代物だ。

「ふうん、そうか。どれどれ」

「ひえっ……」

　遠慮もなくビラッとスカートを捲られて、無防備に晒された下肢の恥ずかしさに、俺は変な声を上げてしまう。

「ふむ……やはり君でもかなりキツそうだな」

「おい、君でもってなんだ」

「腰の部分は紐《ひも》のデザインにした方が調節できたかな。なるほど、次からはそうしよう」

　俺の言葉を無視して、泉田は冷静にそこを観察し、そしてあっさりとスカートを下ろした。

「君は、気に入ってくれたかい？　このランジェリー」

「べ、別に、気に入るも何も……」

「これは君へのプレゼントだよ。君が今身につけている一式のものすべてね」

「えっ。このメイド服も、全部か!?」

「ああ。その方が、仕事も盛り上がるだろう？　家でも着てみたらいいじゃないか。そうすれば、シナリオがますます捗るかもしれない」

「そ、そうかもしれないけど……」

こんな格好をしていて、万が一火事が起きたり、緊急事態でアパートを飛び出さなくてはいけなくなったら、俺は近所に完全な変態趣味をカミングアウトしてしまうことになる。

それに、思い出すだけだからいいのであって、自分の部屋でもこんな格好をしていたら、盛り上がってしまって、仕事どころではなくなってしまうだろう。

「本当は、俺が毎晩君を抱いてあげられたらいいんだけれどね」

「ッ……じ、冗談じゃないよ……」

そんなことになったら、疲労困憊《こんぱい》して会社に行けなくなってしまう。

「いっそのこと、ずっとここにいたらいいじゃないか」

「や、やだってば！　会社に行かなくちゃ、いけないんだから……」

「そのことなんだけど……君はどうして毎日会社に行くの？　シナリオは家でだってできるだろう？　交通費の無駄だと思うんだが」

「そんなの……社長の方針なんだ。とにかく、どんな役割の人間でも、会社には行かなくちゃならない」

同じようなことを言う奴はいたけれど、会社に来ない人間を、社長は評価しない。俺は最初に飛び込んだゲーム会社だったから他社の内情はわからないが、スタッフは全員外注で、すべてネットを使って共通のサーバー経由で作業をしている会社もあるとは知っている。だが、うちの会社は決してそんなことにはならないだろう。

社長は元々この業界にいた人間ではないし、かなり歳も食っているから、もしかすると業界的には少し変わっているのかもしれない。とりあえず俺は社長に従ってなんぼだし、特に不満もない。

「ふうん、そうか。まあ、君がそれでいいのなら、俺も口を出す権利はないな」

ふわり、と漂う緊張感。威力の増した威圧感に、肌がピリピリする。微妙に、だけど泉田の声の温度が低くなる。俺は密《ひそ》かに息を呑んだ。

やっぱり、この男は会社の話をすると機嫌が悪くなる。一体どうしてなんだろう。俺はこういうとき、どうしたらいいのかわからない。

「で？　メイドものというのは、具体的にどんな話を考えているのかな」

強張《こわば》った俺の表情に気づいているのかいないのか、泉田はさらりと話題を変える。

「あ……、主人公は社長で……」

「へえ。じゃあ、俺と同じだな」

そう。今回は、なんとなく泉田とゆうなたんのあの関係性をモデルに考えたアイディアだった。

「そこは普段は普通のメイド喫茶なんだけど……不況で、新しい事業に乗り出すんだ」

「ほう？　どんな？」

「お客様に、ご奉仕するってやつ……えっちな意味で。それで、その事業を始めるにあたって、社長が店のメイドたちを調教するって始まりで……」

「なるほどね。単純かつ明快だな。俺にとっては、想像もしやすい」

俺と泉田が最初に出会った、あの日。ゆうなたんを皆の前で叱責《しっせき》していた泉田。

圧倒的な立場の差があるのに、あんなにも女の子に対して厳しく接していた泉田が、俺はどうしても許せなかった。ゆうなたんの涙に、頭が沸騰した。

だけど、ゆうなたんはもういない。神聖だったメイドさんという職業は、俺にとっていくらでも汚していいものになってしまった。それこそ、触れてはならない禁忌のものだった分、引きずり落とすその快感は、きっと他とは比べ物にならないだろう。

「それじゃ、俺が社長役をやってやろう。さあ、倖太郎。その鏡を見て」

「えっ……？　鏡……？」

いつの間にか、傍らに大きな姿見が設置してある。今まで気づかずにいたのは、さっきまで部屋の照明が少し落とされていたからだろうか。

「な、なんで、鏡なんか……」

「今回はこのコスチュームが大事なところなんだろう？　だったら、君からも見えなくちゃいけない」

「う、うん……確かに、そうだけど……」

俺は初めて自分の全身をまじまじと見た。自分の容姿なんか見たって楽しくないから、普段鏡を見つめることなんかほとんどないけれど、なるほど、鏡に映っている俺は本当に女の子みたいに見えた。

ふんわりしたシルエットのスカートのせいで、腰がますますくびれて細く見える。同じように、パフスリーブから伸びた腕は更に華奢《きゃしゃ》な印象だ。白いニーソックスを履いた太腿《ふともも》の絶対領域は我ながらドキッとするほど扇情的で、俺はなんだかそこに映っているのが自分自身だとは思えなくなってきた。

そして、俺の肩を抱く泉田との体格差。こうして見るまで、ここまでの差があるとは思っていなかった。身長差が二十センチほどあるのはわかっていたけれど、改めて客観的に見てみると、同じ男とは思えない。背丈もそうだが、体の幅がまるで違う。人よりも身の厚い、逞しく筋肉質な泉田と、人よりも貧弱で、痩せっぽちの俺と。

俺がこうまで鏡の中で女の子のように見えてしまうのは、泉田という比較対象がすぐ傍にあるからなのだ。

「では、倖太郎。どんな調教から始めようか」

「えっ……あ……な、直己さ……」

大きな手はすでに俺の腰を撫で、するりといとも簡単に下へ滑っていく。

「どんなお客様のご要望も叶《かな》えられるよう、いろいろなことを覚えなくちゃいけないんだろう？」

「そ、そう……なんだけど……、っは」

ふわふわフリルのペチコートの中に忍び込んだ手は、下着越しに俺のものをなぞり始める。その形を確かめるようにぎゅっと握り締めたり、やわやわと揉んだりして、俺のものはすぐに膨らんできてしまう。

「はあっ……、ふぁ、あ」

「まあ……もしも君が本当にゲームの中のメイドなら、簡単だろうな。君の体はとても感じやすいし、どんな言葉も刺激も、快楽に変えてしまう能力があるからね」

「んっ……、そ、そんな、こと……」

「違うのかい？　もしかして、君はまだ自分のことをわかっていないのかな」

スカートの下で絶えず俺を弄くり回しながら、泉田は至って紳士的な顔で微笑んだ。

「それなら、俺が教えてやろう。今夜は君のシナリオの設定もあることだし、少し初心に返ってみるか」

泉田は傍らのサイドボードの引き出しから、大小の玉のついた道具を取り出した。俺はシナリオで使ったことはないけれど、もちろん名前は知っている。アナルパールというやつだ。

「こいつを、入れたことは？」

「な、ないよっ……当たり前だろ！」

「おや、そうなのか」

泉田はさも意外だという表情をしてみせる。

「探究心旺盛な君のことだから、一通りの道具は試しているかなと思ったんだが」

「ばっ……！　そ、そんなわけあるかっ」

勘違いも甚だしい。そもそも俺は、以前から自慰にはそれほど積極的じゃなかったんだ。でも、確かに後ろの感覚を覚えてからは、変な気分になってしまうのはしょっちゅうで、何か試してみようかと思ったことも何度かあるんだけれど、なかなか実行には移せなかった。

「さて、ローションをつければすぐに呑み込めるかな」

泉田はアナルパールに潤滑油をたっぷりと垂らし、下着をぐいと片側に寄せて、まだ触れられていない肛門にひとつずつ押し込んでいく。

「んっ、あ……っ、そ、そんな、いきなり……っ」

「大丈夫そうだよ。君のここはかなり柔かくなっている。それほど大きなものもないし、全部呑み込めるだろう」

「で、でも、あ、くっ」

狼狽する俺に構わず、次々にボールを中に埋め込んでいく泉田。いくつもの球体が次第に奥の方まで進んでいくのがわかって、俺は一人で息を上げてしまう。

「はあ、はあっ……あっ、はあ」

「……気持ちいい？　あと少しだよ」

つるり、つるりと窄《すぼ》まった括約筋を玉がすり抜けていく度に、前に入っていたものが押されて、ぐり、ぐり、と感じるあの場所を捲り上げていく。その都度、きゅうっと尻に力が入ってしまって、ますます中の粘膜で数多のボールの存在を感じることになってしまう。

「あぁ……はぁ……」

「はい、完了。よく頑張ったね」

泉田はにこやかに俺を褒め、下着を元に戻して、震える尻を優しく撫でる。

「どう？　気分は」

「あ……なんか、入ってるのわかるし……落ち着かない……」

「しばらく、君にはその状態で俺に奉仕してもらうとしよう」

「へ……？」

「まずは……キスを。唇で、俺を感じさせてくれ」

朦朧《もうろう》としかけた頭で、俺は言われるままに少し屈《かが》んでくれた泉田の唇に、キスをした。唇を押しつけて、おそるおそる、舌を忍ばせる。待ち構えていた泉田の舌に搦め捕られ、クチユリ、と甘い水音が響く。

「ん……ふ、ん……」

しばらくキスに夢中になっていると、ふと離れたとき、泉田が目を開けて俺の顔をじっと見ていたことに気がついて、ぽっと火がついたように熱くなる。

　こうして間近で見ると、泉田の容貌はやはり美男子と言えるだろう。ものすごい美形というわけではないものの、男の俺でもくらっとしてしまうような、濃厚な色気がある。

　凝視されているのが恥ずかしくて、俺は再び目を閉じて泉田の口に吸いついた。この男の唇は、やや厚くぽってりとしていて、そして舌は長く太いので、キスをするといつも喰われているような気分になる。

「……可愛らしいキスだが……キスをしている間、君の手を遊ばせておく気かい？」

「あ……、ん……、そ、そっか……」

　俺はわずかに震える指先で、泉田のネクタイをゆっくりと解《ほど》こうとする。けれど、ネクタイなんかしたことのない俺は、その仕組みがよくわからず、その作業だけで時間を食ってしまう。

　そうしている間に、キスだけの行為に泉田が飽きたのか、その手は俺の体を撫で回し始める。

「んっ！　ふぅ……、ん、ん」

　エプロンの隙間《すきま》から手を差し込まれ、薄い生地の上から胸を探られる。わずかな乳頭の膨らみに触れると、執拗にそこばかりをくるくると円を描くように撫で始める。

「ううっ！　ん、んうう」

「ほらほら……お客様を退屈させちゃだめだろう？　早く俺を楽しませなさい」

すっかり勃起してしまった乳首を弄くられていると、腹の奥がきゅうきゅうと疼いて、中のボールを締めつけてしまう。直腸いっぱいにたくさんのボールを呑み込んだ俺は、そのひとつひとつが、キチュキチュと擦《こす》れ合い、熟れた粘膜を刺激する感覚に、すでに軽くオーガズムに達している。

「くふううっ……、んあ、はあ、あ……」

「なんだ？　そんなにここが気持ちいいの？　こんな真っ平らな胸なのに？」

「ふぁ……っ、だ、って……ち、乳首はっ……」

「君はここを弄られるだけで、感じてしまうのか？」

「んあっ！　はあぁ……っ」

少し強めにぐにぐにと揉まれて、俺は耐え切れずに腰を震わせた。触っていないからわからないけれど……多分、出してしまった、と思う。先走りはずっと漏れているので濡れた感覚はあるものの、きっちりと締めつけられているのでどのくらい出してしまったのかわからない。

「これじゃ、俺の方が君に奉仕しているようだな……君がこんなに胸で感じるようになっていたとは」

空とぼけた調子で俺を嘲《あざけ》り、泉田の指はようやく胸から離れる。ほっとしたところで、ようやくネクタイが解けた。すぐにワイシャツのボタンを外そうとして、泉田の手が今度は尻の方に伸ばされるのに気づく。

そして、両方の手の平で、泉田は俺の尻臀を揉み始めた。

「んうっ!? んく、ふ、うっ」

「君は、痩せているくせに、ここの肉づきだけはわりといいんだよな……柔らかくて、しっとりしている」

そこの感触を確かめるように、やわやわと俺の尻を揉む泉田。ふと鏡を見ると、スーツ姿の威圧感男にスカートの下に手を突っ込まれ尻を触られているメイドが映っていて、その光景だけで俺はまたいきそうになる。

それに、尻を揉まれると、中に入っている玉がギュチギュチ動いて、これでもかってほど中を刺激するんだ。俺は堪らなくなって、途中まで外しかけていたボタンのことも忘れて、泉田の胸にしがみついた。

「や、やめてっ……! お尻、そんなに揉まれたらあっ!」

「どうして? 俺はただ、ここを触っているだけじゃないか」

「だ、だってっ! 中がぁっ……!」

敏感になった前立腺を、ボールの微妙な動きが刺激していく。ころころと最も鋭敏な器官を転がされているような錯覚に、俺はいやいやと首を横に振る。

「も、やぁ……っ！　これ、取って、よおっ……！」

「嫌なのか？　君はまだ、俺にキスくらいしかしていないのに」

「だ、だから、これ、取ってからっ……」

「どんな事情があろうと、君は己の感覚よりも、お客様のことを優先しなければいけないはずだろう？　そんなことも我慢できないようじゃ、お店には出してあげられないよ」

「あ、うう……っ、だ、って……！」

生殺しのような状態をずっと強制させられて、俺の頭はもうアイスクリームのようにドロドロに溶けてしまっている。

そもそも、この男とは経験値が違い過ぎるのだ。年齢も一回り以上違うし、こなしてきた場数も違う。俺はついこの前まで童貞で、そこは文字通り剝き立てだし、尻の感覚だって覚えさせられたばかりで、まだ慣れていない。それなのに、感じちゃダメだ、感じさせろ、なんて、無理ゲーにもほどがある。

「はあ、ああ、直己さ……」

「ご主人様と呼びなさい」

「ご、ご主人様あっ……！」

そう口にした途端、俺の中で変なスイッチが入って、ボロリと涙がこぼれ出た。

「ゆ、許してよ……ご主人様……」

俺の声なのに、まるで俺の声じゃないみたいだ。元々高い声だけれど、もっと女の子らしいような——男に従属するために生まれてきたような、庇護を必要とする、か弱い声。俺の理想の、メイドさんの声だ。

泉田の広い胸に取りすがって、必死でその顔を見上げる。泉田の胸から伝わってくる鼓動が速い。俺の涙に釣られたのか、泉田の目も少し潤んでいる。

「まったく……仕方ないな……」

苦々しく呟いて、俺の唇にちゅっと吸いつき、頬擦りをする。ざり、と伸びかけのヒゲの感触がする。ふいに、金子の言葉を思い出す。そう言えば、俺にはあまり濃いヒゲが生えない。だけど、そういう男もいるだろうし、俺は多少のコンプレックスはあったけれど、不思議には思っていなかった。

「その鏡に向かって手をついて、俺の方に尻を突き出しなさい」

命じられるままに、鏡に手をつく。期待に頬を赤らませた、メイドの女の子がこちらを見つめている。

そして、スカートを捲り上げられ、下着を脇へ寄せられる。

「ひいっ……」

グッと中のものを引っ張り出される、強い違和感。けれどそれも、最初だけだった。

「ひあああああっ、あ、はあああ」

立て続けに、ごりごり、ごりごり、と中を捲り上げて、抜けていく数多の球体。快感のしこりを怒濤《どとう》の勢いで転がされて、俺は眼球が裏返りそうなほどの激しい絶頂を味わった。

ぬぽぬぽと次々に抜けていく濡れたボール。そのすべてが抜け終わる頃には、俺は生まれたての子鹿のように膝を戦慄《わなな》かせ、自分の体を支えるのがやっとという状態だった。

「はあっ、はあっ、あ、あぁぁ……」

「随分、よかったみたいだな」

下着が、びしょびしょに濡れているのがわかる。内股《うちまた》をつうっと何かの体液が伝っていく。震える腰を、大きな熱い手に摑まれる。そのままぐいっと上に引き上げられ、俺は汗に濡れた指で虚しく鏡の表面を掻く。

「今度は、俺も楽しませてくれ」

夢うつつの意識を、ぐぽっという激しい音とともに侵入してきた極太の男根に引き戻される。

「あぐあっ……！」

そのまま強引に奥までずんっと突き入れられ、その圧倒的な質量に、俺は全身を震わせた。

「ああ……よく解れている……まだまだ手管は稚拙だというのに、君はここの働きだけは完璧だな」

「はあっ……あぁ……あんうっ！　あっ！　あっ！」

男の太さに馴染《なじ》む間もなく、逞しい突き上げに体を揺すぶられる。

「はぐうっ！　んうっ！　ふっ！　ふっ！　はあっ！　ふああっ！」

「く、ああ、はあ、あ、いい……。いいぞ……蕩けるように絡みついてくる……ああ、君は中まで貪婪《どんらん》だな……！　俺のすべてを絞り尽くそうとして……！」

「んああ、あ、はひぁ、あっ！　ああっ！　ひいっ、あ、ああっ！」

ガツガツと凶器のような長大なペニスに突き上げられて、俺は乱暴に忘我の境に落とされる。

大きく揺すぶられて、カチューシャが落ちる。ご、ご、と額をぶつけて、ようやく鏡の存在を思い出す。そして、そこから見つめ返してくる少女の瞳に、ハッとする。

鏡に取りすがって泣き叫ぶ、涙でぐちゃぐちゃな顔の女の子。眼鏡はずれているし、長い前髪は汗で額や頬にはりついて、酷い有様だ。

「俺のことが、好きか？　倖太郎」

ご主人様の、切羽詰まったような声がする。

「好きか!?　なあっ！」

「す、好きぃっ……ご主人様が、好き……っ」

鏡の中の女の子は喘ぐ。瞳が淫乱に潤んで、頬を赤く上気させて、快楽に涎をこぼす、だらしのない、いやらしいメイドさん。ご主人様が大好きで、だけどご主人様とのえっちはもっと大好きで、純粋なのに、酷く淫らな少女。

「いちばん好きか!? 誰よりも!?」

「あ、あああ! はあ、あ、い、いちばん……っ、ご主人様が、いちばん好きぃ……っ!」

そう、メイドさんにとってはご主人様だけなのに、ご主人様はそれを信じられずに、メイドさんをいつもいじめてしまうんだ。こんなに意地悪されたら普通は嫌いになってしまうのに、メイドさんはご主人様の肉棒に勝てない。ご主人様のちんこなしじゃ生きていけない、えっちな体の女の子なんだ。

「はあっ、はひあ、ああ、あぁ、いい、すごいぃ、ご主人様の、気持ちいいっ……!」

「く、はあっ、あ、いやらしい、メイドだ……! そんな、奴は、こうしてやるっ……」

「んはあっ!?」

ずるり、とご主人様は太いものを入り口付近まで引き抜いて、そして、的確に亀頭の大きなエラで、俺の前立腺をごりごりとこね上げ始める。

「ひーーーーっ!! ひいい、ひあ、あああっ!!」

俺は、目を白くして、絶叫した。目の前に激しい火花が散り、自分の悲鳴すら聞こえなくなった。

「ああああーーっ! ああ、ひあ、んあああーーーっ!!」

ぷりぷりと膨らんだそこを、ぐぼぐぼと集中的に捲り上げられる、快感というには強過ぎるほどの鮮烈な官能。

俺は獣のように叫んだ。鏡の中の女の子の唇に吸いついて、冷たく濡れた舌を無我夢中で舐めた。

「すごいなあ、倖太郎……お前の股の下は水溜りみたいだ。そんなにいいか？　ん？」

「はふあああぁ、あああ、あひい、あ」

答えられずに、またドバドバと精液を漏らす。もう、何が噴き出ているのかもわからないほど漏らしっ放しだ。絶頂に飛び過ぎて、目の前がチカチカする。

「あんあああ、あ、あはああ……っ」

「はあ、ああ……、くそ、もう、限界だっ」

ご主人様は、激しく深く俺を犯し始める。射精の直前の、パンパンに膨らんだ、がちがちに血管を浮き立たせた、逞しく反り返る男根。それが俺の中で獰猛《どうもう》に暴れ回っているのかと思うと、もう、堪らなかった。

「ああ、ひい、はあ、ああ、いい、ごしゅじん、さまあ、あ、あっ」

「はあっ、はあっ、ああ、もう、いくぞっ！　倖太郎っ」

ご主人様の動きが一層激しくなる。俺は鏡の女の子に助けを求めるようにそのつるりとした表面を何度も撫でながら、動物のように呻《うめ》いて衝撃をやり過ごす。

「くううっ！　あ、ああっ……倖太郎っ……」

「ふああ、あ……ぁ……」

ご主人様が、俺の中で弾ける。

どくどくと脈打って、精液を吐き出している。

しばらくして、荒い呼吸がわずかに整った頃、ご主人様は大きく息を吐いた。

「ふぅ……、こんなところか……」

「ん、ふうっ」

肛門を犯していたものが、ずるりと抜ける。その感覚に、俺はまたごぷ、と何かをこぼした。

「よかったよ……倖太郎。君はなかなかいいメイドになれそうだ」

鏡の中のメイドさんに向かって、ご主人様が汗に濡れた顔で優しげに微笑む。

その途端に、激しいセックスに疲れ、蕩け切っていた俺の頭が、紛れもない喜びに満ちていく。

それは、労働の、奉仕の喜びというものだった。

「あ……ありあと、ごらいまふ……ご主人様……」

ぐちゃぐちゃな顔で、それでも嬉しそうに笑う女の子。

そう、すべてはご主人様に褒めてもらうためだけに。

ご主人様の喜んだ顔が見たいから、彼女はなんだって頑張ってしまえるんだ。

ああ、君は、あのゆうなたんより、よっぽど優秀なメイドさんだよ。
俺は鏡の中の彼女に向かって、そう褒め称えてあげた。

くっそｗｗｗ　くっそｗｗｗｗ

もうここ最近は、俺はどんな出来事にも動じなくなっている自信があった。

だって、そんじょそこらのびっくりするような話なんか、俺の体験しているこの状況に比べたら、屁《へ》みたいなもんだろう。

そう自信を持っていたものだから、村山の突然の報告に椅子《いす》からひっくり返るほど驚いてしまったとき、俺はなぜか妙な屈辱感を覚えたのだった。

「あの～、こーたろ氏～。ちょっと、話したいことがあるでござるよ～」

「ん？　どうせまた冬コミのゲストの話だろ？」

ちょうど昼の時間に差しかかった頃だった。

どこかに食べに行こうかと腰を浮かしかけた俺を、村山が引き止めたのだ。

「無理無理。俺今自分のだって間に合うかどうかわかんないし。せっかくスペース貰えてるから、何かしら出したいんだけどさあ」

「そ、そうじゃないでござる～！　とにかく、ちょっと付き合って欲しいでござる！　ご飯は我が輩がおごるでござるから！」

ねばる村山に折れて、俺は渋々付き合うことにした。

本当は、あまり村山と食事はしたくないのだ。こいつは食べ方が豪快過ぎて、しかももののすごく速いものだから、見ているだけでこちらも満腹になってしまう。

村山はそんな俺の小さな不満には気づかず、会社の近くのファミリーレストランに向かった。

さすがにもう外は完全に冬の様相を呈している。木枯らしが吹き、頬が針を刺されたように痛い。冬コミまであと一ヶ月を切っているし、年末が近づいてくるのをひしひしと感じた。

「本当は、もっと早くに話そうと思っていたでござる。ちょっとタイミングを失っていたでござる～」

「一体、なんの話なんだよ」

ウェイトレスにそれぞれの食事を注文してから、村山は少し恥ずかしそうに切り出した。

「実は……我が輩、今、あのまいんたんと付き合っているんでござる」

「……は？」

人は、あまりにも信じられないような話を聞くと、却ってその驚きを実感できないものである。

「いや、嘘だろ」

「嘘じゃないんでござる～！　絶対そう言われると思ったけど、本当なんでござる～！」

即座に断定した俺に、村山は二重顎を震わせて椅子に座りながら足をジタバタとさせる。

この、泣く子も気持ち悪がる生粋のオタクの外見である、村山が？

あの、小さな可愛いメイドさんと、付き合っているだって？

「いや、ごめん。全然信じられない」

「ううう～～。こうなったら、あれを見せてやるでござる！」

村山は秘密兵器とばかりにスマートフォンを取り出し、シュバッと画像を見せてきた。

そこには、気持ち悪い笑顔の村山と、その頬にキスをするまいんたんが写っている。

「お前、いくら積んだの？」

「んもおおお～～！　そうじゃないでござるううう！」

し、仕方ないでござる……と呟いて、村山はまた違う画像を見せてきた。

そして今度こそ、俺は固まった。それこそ、椅子から転げ落ちそうになった。

「どうでござるか？　これで信じたでござる？」

「……マジかよ」

それはいわゆる、彼シャツを着ている状態の、あられもない彼女の画像だった。しかも、これはなんとなく事後な感じがする。すごく想像したくないけど。

「どっかで流出した画像、拾ってきたんじゃないよな……」

「も～。まだそんなこと言って！　ゆうなたんの一件以来、あそこがどれだけ締めつけが厳しくなったか、知っているでござろう？　こんな写真、流出するわけないでござる！」

「……確かに」

　ゆうなたんが複数のファンと関係を持っていたというあの事件は、かなり大きな話題になった。俺はちょうど泉田に怒濤の風俗巡りに連れていかれてあまり気にしていなかったものの、しばらくはゆうなたんが所属していたアイドルグループもメイド喫茶も、結構な騒ぎになっていたようだ。

　だから経営側は絶えず女の子たちの動向に目を光らせ、ネット上の火消しに躍起になっていたらしい。そんな中の画像流出だったら、もっと大きな騒ぎになっていたはずだ。

　しかしまさか、このござるデブこと村山が、ファンだったメイドさんと付き合うことになっていたとは、あまりにも信じ難い。

「っていうか、この厳戒態勢の中、お前らよく付き合えたな」

「実は、そのきっかけはこーたろ氏なんでござる」

「へ？　俺？」

　村山は大真面目な顔で頷く。

「あの、ゆうなたんが怒られて、こーたろ氏がぶち切れた後のことでござる」

　村山が言うには、俺が摘《つま》み出された後、ゆうなたんは泉田に何か言われて、人が変わったように暴れ出したという。そして、それを止めようとしたまいんたんが彼女に突き飛ばされ、危うくテーブルにぶつかりそうになったところを、村山の肉布団でキャッチしたというのだ。

そして、暴れるゆうなたんを捕獲するのにも一役買ったらしい。

「そのときから、まいんたんは我が輩のことを気にかけてくれていたんでござる～。それで、ゆうなたんはどうやら自分のスキャンダルがまいんたんの告げ口だと思っていたらしくて、まいんたんを待ち伏せしたりするようになったんでござる。まいんたんは怖くなって、我が輩にボディガードを頼むようになったでござる。そしてそれは、お店の人も公認だったでござる～」

「……なんかいろいろと予想外過ぎて聞きたいことは山ほどあるんだけど……てか、まいんたんはよくあんな写真撮らせてくれたな？」

「まいんたんが撮って♥　って言ったんでござるよ～。自分はゆうなたんみたいにいろんな人と付き合ってるわけじゃないから、撮られても大丈夫って」

「てかお前、ロリコンだったはずじゃ……現実見たよな？」

「愛の力の前ではそんなものどーでもいいんでござる！　ラブイズパワー!!　デュフフ！」

もうここまで来ると、あーそうですかと言って放り投げたくなる。

「えーと、とりあえず、俺がきっかけで、お前はまいんたんと付き合えたって言うのか？」

「まあ、はしょるとそんな感じでござる！　本当はこれって誰にも言えないんでござるけど、こーたろ氏にだけは伝えておきたかったんでござる～」

　つまり、店の人も、まさかこの二人がそういうことになるとは思わず、認めたのかもしれない。実際写真を見せられた俺だって未だに信じられない気持ちなのだから、誰だってそんな可能性があるとは思わないだろう。

　しかし、これで納得したことがある。ゆうなたんが出待ちしていた俺に言った台詞の中に、村山のことが含まれていたのは、そういった経緯があったからなのだ。

「世の中、何が起きるかわかんないもんだな～……。って……、あれ？」

　ふと、俺は小さな違和感に気づく。

「村山。俺にだけは伝えておきたかった、って、どういうこと？」

「だから、こーたろ氏は、キューピッドでござるから～」

「いや、そうじゃなくて……。なんか近々、まるで会えなくなっちまうみたいじゃん」

　俺の指摘に、村山は少し悲しげな顔で微笑んだ。

「実は……我が輩、この会社を辞めることにしたでござるよ」

「え……ええええっ!?」

　まいんたんのことよりも、こちらの方が、俺にとってはよほどショッキングだった。

　村山は、俺よりも少し前に入ったグラフィッカーで、俺からしたら入社当時から苦楽を共にしてきた仲間だ。それに、メイド喫茶という共通の楽しみもあったし、会社の中では最も親しくしていた同僚である。

その村山が、会社を去ってしまう。そのことに、俺は情けなくも、かなり動揺していた。

「ど、どうしてだよ……何かあった？」

「いや、何もないでござる。ただ我が輩、もっと上の技術を学びたくなったでござる」

村山は、俺の心の嵐《あらし》とは対極の静かな口調で、動機を語り出す。

「うちの会社、出入りが激しい上に、昔からいた人はもう皆いないでござろ？　だから皆自己流で仕事をやっているでござる。見よう見真似《まね》で……売れている会社の絵を研究したりして……。もちろん、それはそれで楽しかったでござる。自分なりに、成長できたと思うでござる。だけど我が輩は、ちゃんとした技術を学びたいんでござるよ。そして、もっと余裕のある製作期間で、じっくりとゲームを作ってみたいんでござる」

「それは……」

村山の言うことは、間違っているわけじゃない。だから、俺も言い返したいけれど反論できず、黙り込んでしまう。

泉田も以前言っていたけれど、うちの会社は人が育たない。なぜなら育てる側の人材も皆無だし、また、皆長くは勤めないので大きく成長はしない。

俺は社長に惚れてこの会社にいるけれど、それさえなければ、ここに残りたいとは思わない。導いてくれる人もおらず、すべて自分の手探りで進んでいくしかない。そして恐らく業界最短の製作期間でゲームを作っているこの会社では、じっくりと作る、という製作過程は望めないだろう。

「そっか……。お前も辞めるかぁ……」

「今まで、我が輩たちの後から入った人でも、何人もいなくなったでござるしね……」

俺たちはしんみりとして、運ばれてきた食事をもそもそと口にした。

まだ村山が辞めてしまったわけでもないのに、俺の頭は楽しかった日々のことを回想し始める。村山と初めて顔を合わせた日のこと。マスターアップ前、お互い屍になりながら連日徹夜で作業をしていたこと。ダンボールを醜く取り合い、俺が無理矢理先に寝てしまった後、腹いせにのしかかられて、一瞬生死の境を彷徨《さまよ》ったこと。そして、メイド喫茶でお互いお気に入りのメイドさんを観察して、はしゃぎ合ったこと――。

まるで走馬灯のように、村山の気持ち悪い笑顔が俺の脳内を巡っていく。

「村山……いい奴だったのになあ……」

「いや、まだ死んでないでござるから」

本当に、人生何があるかわからない。

もしかしたら、俺もゆうなたんと付き合える分岐点がどこかに存在していたのだろうか？

いや、それはないだろう。あったとしても、彼女の本性を知ってしまった今となっては、たとえセーブデータが残っていたとしても、そのポイントまで戻りたいとは思えなかった。

＊＊＊

その週末、俺は泉田に連れられて、銀座《ぎんざ》のホテルの中華レストランで食事をすることになった。

俺は早速、村山のことを話した。もちろん、まいんたんのことは伏せて、だ。

「なるほど。君の最も親しい同僚が、辞めてしまうわけか」

「俺さ……本当に、今週はガックリきてて、精神的に疲れちゃったよ。あいつだけは辞めないって、心のどこかで思ってたのかな……」

本当は、泉田とは仕事の話はしたくなかった。必ず不機嫌になってしまうからだ。だけど、今回の出来事は、誰かに聞いてもらいたかった。そうでないと、自分の中に不満や疑問の風が吹き荒れて、破裂してしまいそうだったからだ。そして、こんな話はまだ同僚には言えないし、実家の家族に話したって、意味がわからないだろう。

話が通じて、相談できそうなのは、泉田しかいなかった。相談じゃなくても、ただ自分の話すことを、聞いてくれるだけでよかったのだ。

「あいつが辞めた後、どうすりゃいいんだろ。グラフィッカーだって足りねえのに……」

「君も辞めてしまったらいいじゃないか」

「は、はあ？　いや、辞めねえし。いきなり何言ってんだよ」

「君は、その同僚の辞める理由を聞いて、どう思ったんだ？」

思いのほか深く切り込まれて、俺は内心狼狽える。

「そりゃ……一理あると思ったよ。納得もした。だから止められなかったんだ」

「そうか」

泉田は紹興酒を飲み、北京ダックを摘んだ。俺は酒が強くないので、ジャスミン茶を口に含んで、小籠包《しょうろんぽう》をちまちまと食べる。

「君は、社長に恩を返したいと言っていたな」

「ああ、うん。そうだけど」

「それは、会社に入った後の目標だろう。入る前は、どうしてそこに入りたいと思ったんだ？」

「へ？」

意外なことを聞かれた、と思った。

というのも、自分でもそんなことはすっかり忘れてしまっていたからだ。目の前のことを片づけるのに精一杯で、振り返ることなど、しようとも思わなかった。

「え、いや……そりゃ、ゲームを作りたいって、思ったから……」

「君は今、自分の思う通りのゲームが作れているか？」

ドキッとした。

いつの間にか、泉田は仕事をするときのような――いや、仕事をしている場面は見たことがないのだけれど、あの、最初に出会ったメイド喫茶のときのような、社長としての威圧感を醸し出していた。

「正直……作れてない、と思う。入ったばかりのときは、本当に素人だったし、やる気だけは十分あったんだ。だから、機会を貰えるだけで、ありがたかった。だけど……」

こんなことを、人に話したことはない。尊敬する社長のいる会社への不満点なんて、俺が口にしちゃいけないことだと思っていたから。

けれど、今目の前にいる男の前では、嘘はつけないと思った。ついたとしても、すぐに見透かされてしまうと思ったんだ。

「シナリオの書き方をある程度覚えて、慣れてきて、新しいことを試してみたくなったり、こだわりが出てきても……それを実現させるには、圧倒的に時間が足りないんだ。本当は、機会を与えられているだけで十分なはずなのに……欲が出てきて、足りないと思うようになった」

「それは、人間として当然の欲求だろう」

泉田は迷うこともなく、俺の欲を肯定する。

「ましてや君はクリエイターだ。新しいものを作り続けたいと思うはずだ。停滞していたら、それはクリエイターとしての死だ。そして、君の会社に残り続ける人間というのは、成長することをやめた、生きた屍だけだ」

「っ……そんなことない！　それは言い過ぎだ！」

過激な泉田の言葉に、俺は思わず反論する。

「この短い製作期間で、十分なものを作れるようになることだって、十分な成長じゃないか。工夫を凝らして、試行錯誤して——短い作品を作り続けて、成長を続けている人間だって、いるはずだ！」

「確かに。そういった種類の人間が君の会社に来たら、それは会社にとってもその人物にとっても、幸福なことだろう。だが、君は違った。そうだな？」

語るに落ちた、と思った。

そういう人間もいるはずだ、と言ったことで、例外もある——自分はそうではない、と白状してしまったようなものだ。

泉田の、心の奥まで凝視するようなまっすぐな視線に、俺は頷かざるを得なかった。

「人は、成長するものだ。同じ服を着ていても、やがてサイズが合わなくなる。いくらその服が大切だからと言って、窮屈なまま着続けるつもりかい？　昆虫や蛇だって成長に合わせてそれまでの衣服を脱ぎ捨てるというのに、君はそのままでいるつもりか？」

「俺は……社長に、恩が……」

「会社の方針と、君の希望が同じ方向を向かなくなった時点で、留《とど》まることは、双方にとって不幸なことだ。君はいつか言っていたじゃないか。会社の空気が悪いと。そんな場所で、いいものができるはずはないと。このまま君が自分の欲求を押さえ込んでそれでも会社にしがみついていれば、いずれ君はその悪い空気を作る一人となることだろう」

そんなことはない、と言いたかった。けれど、言えなかった。

現時点で自分が不満を持っていることを自覚してしまった以上、その可能性がないとは言い切れない。

「君はどんなシナリオが書きたいんだ。ただ俺との行為から生まれる、一度でお役御免になるような抜きゲーか？　誰かの記憶に残るような感動的な泣きゲーか？　それとも、もっと他のものか？」

「俺は……ただ……」

ただ、もっといろいろなことがしたかった。そのためには、時間が足りなかった。

泉田のお陰でシナリオはよくなってきているようだが、そういう方向を望んでいたわけではない。今泉田を必要としているのは、短い時間の中でなんとか書き上げたいという、その一心からだった。

けれど、具体的にどんなゲームが作りたい、とは言えない。そのアイディアを練る前に、次のマスターアップが迫ってくる。もっと時間が欲しい。今はそれしか考えられなかった。

「君の会社のスタイルは、いわばゲームをひとつの作品としてではなく、会社を回すための商品としか見ていない。恐らく、そのクオリティは重視していないんだ。その製作期間で大ヒットを飛ばそうなどとは誰も考えまい。そこそこ売れればいい。いわゆる、使い捨てだ。合理的かもしれないが、クリエイターはどんどん枯渇していく。人の入れ替わりが激しいのも当然で、またそれは君の会社にとって必要なことだ」

「そういうスタイルに、俺は合わない、って……言いたいんだろ」

「それは、君自身がいちばんよくわかっているはずだ」

俺は、沈黙した。

肯定することも、否定することも、したくなかった。

村山が辞めてしまう理由を聞いたとき、もっともだと思った。けれど、そう思った自分を否定したくて、そのきっかけが欲しくて、泉田にこの話をしたのかもしれなかった。

けれど、返ってきたのは、自分が望んでいたものとは、まったく逆のものだった。

——俺は、どうしてこの会社に入ったのか。

その原点に立ち返ったとき、俺の脳裏に浮かんだのは、あの秋葉原の、薄暗い路地だった。

「お、俺は……」

「——ん？　おい、お前」

出し抜けに、太い声がかけられる。前方にいた背の高いスーツ姿の男が足早に近づき、訝しげな顔で泉田の顔を確認する。

そして、「やっぱり直己か」と呆れた顔で頭を振った。

「……和也《かずや》兄さん」

(兄貴……、か？　そう言えば、上に二人いるって言ってたな)

よくよく見ると、どことなく似ている気がする。しかし、髪に白いものが混じり、額の皺《しわ》も深い。随分歳の開きがあるように見えるので、長兄の方かもしれない。一見チャラい外見に見える泉田と違って、兄の方は至って真面目な会社役員といった風貌だ。

「お前、どこをほっつき歩いているのかと思ったら、こんなところにいたのか。まったく、悠長なことだ」

「お、おい……今、その話は……」

「ん？　なんだ、初めて見る顔だな、君」

「あ……。は、は、初めまして」

突然水を向けられて、俺は緊張して姿勢を正した。泉田と同様、この男にも人を支配し慣れている威圧感が備わっている。

「君は直己の部下か？」

「へ？　あ、い、いや……そ、そんな感じです」

他になんとも言いようがなく、俺はテンパって頷いてしまう。男は少し首を傾げながらまじまじと俺を観察している。この場に相応《ふさわ》しくない、至ってラフな格好をしていた俺は身の置き所がなく、視線を彷徨わせた。

「随分若いが……まあ、いい。君も言ってやってくれ。婚約者を放っておいたら、いくら向こうがべた惚れだからって、いつか愛想を尽かされるぞ、ってな」

「和也兄さん！」

「愚痴を聞かされるこっちの身にもなってくれ。あちらの父親はただでさえお前がバツイチでご不満なんだ。いいか、忠告はしたからな」

それだけ言って、男はさっさと歩いて行ってしまう。

俺は今聞いた意外な事実にただぽかんとして、何も考えられなくなった。

「……ええと……」

泉田が気まずそうに俺の顔色を窺う。

ああ、そうだ。さっき、こいつの兄貴は、婚約者のことを言っていた。

この男には、決まった相手がいたのだ。バツイチだと言っていたから、再婚相手だろう。

そして、その相手を放って、俺にかまけていたらしい。

——そんな相手がいるなどと、想像したこともなかった。けれど、いたとしても不思議はない。そして、それを責める権利など、自分にはありはしない。

だって俺は、こいつにとって、ただの遊び相手なんだから。

「帰る」

「へ？」

そう頭ではわかっているのに、俺は発作的に席を立っていた。

「お、おい、倖太郎っ！」

まっすぐに出口へ歩いて行く俺の背中を、慌てた泉田の声が追いかけてくる。

そうだ、もっと慌てろ。もっと困れ。どうにかなってしまえ。

けれど、なぜそんなことを思うのか——アパートに帰り着くまでの間、俺はまるで何も考えられなかった。

＊＊＊

『俺とセックスしてた男に婚約者がいた』

そんなスレッドを立てようとした寸前で、俺の指は止まった。

巨大掲示板でこんなことをしている自分がさすがに惨め過ぎて、自己嫌悪に陥る。

フローリングの床に横になって狭い天井を眺めていると、ムカムカと嫌な気持ちが込み上げてきて、どうしようもなく腹が立った。

「別に、あんなやつに恋人がいようと婚約者がいようと、どーでもいいだろ、バカ」

そう自分自身に向かって呟くけれど、どーでもいいなどと思っていないことは明らかで、言った傍から情けないやら悔しいやらムカつくやら、ありとあらゆる負の感情が浮かんでくる。

俺は一体、どうしたいのだろうか。

メンヘラみたいに手首切って、あいつに気にして欲しいのだろうか。首でも吊って、俺の遺体に取りすがって、俺が悪かったと泣き叫ぶあいつが見たいのだろうか。

そんなことを妄想する自分に恐ろしいほど鳥肌が立って、思わず「あーー!!」と絶叫した。

「そうだ、オナニーしよう!」

俺は殊更明るく爽やかに叫んだ。このアパートの壁が薄いことなんて、もうこの際気にしない。

泉田と出会ってからの二ヶ月、俺はずっとオナニーなんかしていなかった。だから少しでも元の生活に戻ろうと、お気に入りのエロゲーを立ち上げた。

『私、ずっと、待ってたんですよ。先輩のこと……』

メニュー画面で、攻略キャラクターの一人、紗季《さき》ちゃんが俺に囁く。

「うん、ごめんね、放っておいて……俺が好きなのは、やっぱり君たちしかいないんだ」

ランダムで出てくる女の子たちの中で、最初に紗季ちゃんが出てきたので、今日のおかずは彼女に決めた。

彼女は引っ込み思案な女の子。学園で俺の後輩という設定で、大人しくて声も小さくて、大き過ぎるおっぱいを気にしている、恥ずかしがり屋な彼女。俺は、彼女が痴漢されているのを助けてあげて、それから彼女は一途《いちず》に俺を慕うようになるんだ。

紗季ちゃんは本当はすごく可愛いのに目立ちたくない一心で前髪で顔を隠したり俯いてばかりいる。そんな紗季ちゃんが熱い視線を向けるのは俺だけで、自分のことを知って欲しいと初めてすべてをさらけ出すのも、俺に対してだけ。

「ああ、紗季ちゃん……」

紗季ちゃんとのえっちシーン。俺が何よりも大好きな、大きいおっぱい。

『私っ、なんだかおかしくなっちゃいますぅっ……』

初めてだったのに、感じまくる紗季ちゃん。響く水音。ＢＧＭと一緒にずっと流れる紗季ちゃんの吐息。

「た、たまんない……」

——はずだったのに。

俺の息子は、俺の手に握り締められたまま、ピクリともしない。いくら擦っても、全然気分が盛り上がらない。

「……なんで？」

俺は縮んだまんまの愚息に問いかける。だけど、まるで反応ナシ。その代わりに、後ろの方がこっちだよーと囁きかけてくる。なんだお前。喋んのか。そこまで進化したのか。

「いや……だって、もうそっちはいらないし」

懸命にそっちの声を無視しようとするけれど、後ろについているくせに存在感と自己主張だけはやたらとすごくて、俺の意識から離れてくれない。

「だって……紗季ちゃんと愛し合うのに、そっちはいらないんだから……！」

そう。女の子を気持ちよくさせてあげるためのものならば、前についている。男の後ろについているものなんて、普通はえっちのときに使うはずなんかないんだ。

『あんっ！　ああんっ！　いいよお、せんぱぁい！』

イヤホンを通して紗季ちゃんの声が俺の頭に響き渡る。高くて可愛い、女の子らしい声。大人しい紗季ちゃんが俺の前だけで聞かせる、濡れた喘ぎ声だ。

それなのに、俺は勃起しない。ぷるぷるのおっぱいを見ても、ぐちょぐちょのアソコを見ても、うるうるの瞳を見ても、ピクリともしない。

「どうしてなんだ……」

絶望する俺の前で、紗季ちゃんは一人で気持ちよくなっている。乾いた心に、紗季ちゃんの喘ぎ声が延々と続いていく。

俺は、何もかも面倒になって、ラップトップを閉じた。

まさか、ここまで俺の体は変わってしまっていたなんて。大好きだったエロゲーでオナニーできないほどになっていただなんて。

だけど、本当はわかっている。今の俺でも、エロゲーは楽しめる。

ただし、主人公の男としてじゃなくて、攻略キャラの方の女として。

『おっきいよお』と喘ぐ彼女たちと同じ気持ちになって後ろをオナニーすれば、瞬く間に前だってカチコチになるはずなんだ。

だって俺は、ここ何日も、そうやってインスピレーションを得て、シナリオに没頭してきたんだから。前で女の子たちをたくさんいかせた経験はなくても、後ろでたくさんいかされた経験なら、数え切れないほどあるんだから。

思い出すだけで、後ろが疼く。だけど、絶対に触らない。我慢しなくちゃいけない。

だってこれから俺は、二度とあの男に抱かれることなんかない。

あいつには婚約者がいて、俺はただのお遊びで。

こっちだってシナリオのために抱かれ続けていたんだから、いわばビジネスライクな関係で、それはお互い様なのだけど。

——だけど。

(俺は……全部、初めてだったのに)

風俗も。抱かれたのも。こんなに人の体温を近くに感じたのも。

間違いなく、依存していた。あの男なしじゃ、いられなくなっていた。

エロゲーの中のおバカさんでえっちな女の子たちみたいに、初めて抱かれた人だから、執着していたんだ。

(だけど……あいつは、違ったんだ。俺なんか、遊ぶための道具で。俺なんか、全然特別じゃなくて)

こだわっていたのは、俺だけだった。相手なんかいくらでもいるはずのあの男が、俺を何度も抱いてくれるのは、一時の気まぐれだったんだ。

でも、俺はそうじゃなかったから、こんなにもショックを受けている。

「バカだ……俺は、バカだ」

見下されることなんか、許せない。惨めな気持ちになんか、なりたくない。

俺はダメな奴で。どうしようもないオタクで。底辺のシナリオライターで。

それでも、バカにされたくないから、自分がヒエラルキーの最下層だなんてわかりたくないから、そう感じさせるものからはいつだって全力で逃げてきた。

だから、もう二度と、あの男には会わない。指一本、触れさせない。

万年床に突っ伏して泣きじゃくりながら、俺はそう決めた。

こーたろ逃げて超逃げて

以前、ＳＭクラブの後に無理矢理拉致られた教訓を生かし、俺は決して一人で行動しないようにした。

泉田がいざとなれば手段を選ばない男だということはわかっているので、用心するに越したことはない。村山に頼み込んでしばらく村山宅に泊まらせてもらうことにして、無理な日は修羅場でなくても会社に寝泊まりした。

スマートフォンも泉田の番号は着信拒否にして、見知らぬ番号からも出ないことにした。とは言っても、交友関係の極端に少ない俺にかけてくるのは、会社か村山か泉田くらいのものだったので、選別は楽だった。

（ここまですれば、あいつも近い内に諦めるだろう）

複数の会社を経営する身分で忙しいだろうし、いつまでも俺にばかりかかまけていられないはずだ。第一、婚約者だっているんだし。

シナリオはとりあえずこの前のメイドプレイのお陰で滞りなく進んでいる。問題はその後のことだが――そのときはそのときだ。他にシナリオを進める方法を見つけなければ、どちらにしろこの先俺に未来はない。

そして、泉田の婚約者発覚の日から一週間後。

俺は思いもしなかった形で、この男の執念を思い知らされることになった。


「おおい、秋吉君」

「はい！」

社長室の中から声をかけられ、俺は作業を中断して即座に駆けつける。

最近こうして名指しで呼ばれることが多くなった。食事も何度か御馳走《ごちそう》になっているし、着実に会社の中での地位が上がってきているように思えて、俺は浮かれていた。

「失礼します」

中へ入ると、社長が上機嫌な顔で俺を出迎える。

「よう、調子はどうだい」

「あ、はい。お陰様で、もう少しでシナリオ作業も終わりそうです！」

「ふむ、そうか。それは何よりだ」

ところで、と社長は何かを切り出そうとする。この声の調子では悪いことではなさそうだけれど、毎度こうして一対一で社長と対面する度に、俺は酷く緊張してしまう。

「今度流通会社のＦＥカンパニーの忘年会があるんだが、君も一緒に来てくれないか」

「えっ……。お、俺もですか？」

「ああ、そうだ。いつもは課長を伴っていたんだがね。あいつはちとこの前あそこの営業部長の機嫌を損ねてしまったものだから、連れていけない」

「で、でも……俺なんかでいいんでしょうか」

「もちろんだよ。係長もどうかと思ったんだが、最近あいつはやる気がないからなあ。今いちばん会社のために尽くしてくれているのは君だからね。どうかな」

ＦＥカンパニーは流通会社の中でも最大手だ。そこの忘年会など到底参加できる身分ではないと思っていたけれど、社長から直々にお呼びがかかっては断れない。

「もちろん、お相伴させていただきます！」

（やっぱり、俺にはこの会社しかないんだ！）

ここのところ、村山の件も含めて悩んでいた俺は、そう思い直す。

だって、一から育ててもらって、そしてここまで大事にされて、今更自分が作りたいものを作れないからという理由で簡単に辞めてしまうわけにはいかない。

（そうだよ……あんな奴の助言に従ってなんかやるもんか）

そんな気持ちもあって、俺はこれからもこの会社と、社長のために頑張ることに決めた。

自転車操業がなんだ、空気の悪い社内がなんだ。そんなものは俺がこれから変えてやればいいんだ。

　威勢よく、そんなことを考えて。

＊＊＊

　FEカンパニーの忘年会は、ちょうどクリスマスイブの前日だった。

　都内のホテル宴会場を借り切っていて、招待される人数もかなり大規模なものらしい。会場にはクリスマスらしく大きな銀色のツリーが飾られ、煌《きら》びやかなオーナメントがふんだんに飾りつけられている。コンパニオンの美女たちも赤と白のサンタクロースを真似た可愛らしい衣装を着て、完璧な笑顔で巧みに客に対応していた。

　俺と社長が会場に着く頃には、クロークの前には黒山の人だかりができていて、かなり盛況な様子である。

「うわあ、すごい人ですね……」

「年々規模が大きくなっているからなあ。君もいろいろなクリエイターと話してみるといい」

　俺もなけなしの一張羅を着てきたものの、皆思い思いの服装で、そんなに気張ることはなかったかもしれないと思う。けれど、社長に恥はかかせられない。今日ばかりは顔を隠すように垂れ下がっていた前髪も横へ撫でつけてある。これで少しは年相応に見えるはずだ。と思いたい。

受付で社長が招待状を提示し、そして俺と社長に名札が渡される。俺の名札には『abyss』と書いてあり、ただのおまけでついて来ただけなのに、前もってこんなものを作ってもらっていたことに感動した。

見れば、参加者のほとんどが名札をつけており、そこにはゲーム業界では誰もが知っているような大物が当然のようにチラホラと混ざっていたりして、俺は興奮に動悸《どうき》が激しくなった。

「社長、すごいです！　俺の名前まであるなんて」

「ああ、そりゃ当然だろう」

社長はいたずらっ子のような顔で楽しげに笑った。

「そもそも、あちらが名指しで君を招待したんだからね」

「……へ？」

そのとき俺は、パーティー会場の中央の舞台に掲げられた看板に違和感を覚えた。そこに書いてあったのは、流通会社ＦＥカンパニーの名前ではない。

「あれ？　社長。そう言えば、あの看板って……」

「ああ。この忘年会はＦＥカンパニーの親会社主催のものなんだ。だからいろいろな業界の人間が集まっているはずだよ。ＰＣゲームメインの流通会社はむしろこの大元の会社からしたら小規模なもののようだしな」

――株式会社フロンティア・エンカウンター。

（えーと。どっかで聞いたことがあるような）

「ええ、皆様、お集りでしょうか」

そのとき、司会席ににこやかに微笑む進行役の女性が立つ。出席者全員にドリンクが配られ、乾杯の用意が整う。

「それでは、社長、よろしくお願いいたします」

（あ）

俺は、口を「あ」の形に開いたまま、閉じられなくなった。

「皆様、今日はお忙しいところ、我が社の忘年会にご参加いただき、ありがとうございます」

壇上に上がり、自信に満ちた晴れやかな微笑を浮かべつつ、威圧感のハンパないあの男は、紛れもなく。

「ささやかな宴席ではございますが、どうぞごゆっくりお楽しみください」

様々な事業を展開していることは、知っていた。けれどまさか。

「皆様のご活躍と、そしてこれからも我が社との末永いお付き合いを願いまして――乾杯！」

乾杯！　と方々から声が上がり、あちこちからグラスを合わせる音がする。俺は唖然《あぜん》としながらも社長とグラスを合わせ、ぼんやりとウーロン茶を舐める。

会場内を見渡すあいつの視線が、すぐに俺を見つけ出したのを悟る。一瞬目が合って、全身を電流が貫く。蛇に睨まれたカエルとは、まさにこの状態だ。

今すぐにでも逃げ出したいのに、足が動かない。そして、社長の傍を離れられない。

ああ、そうか、最初からそういうつもりだったのか。

数人の来客と言葉を交わしながら、こちらへやって来る。普通ならば絶対に出会うこともないような有名クリエイターたちが、大手ゲーム会社の社長が、あの男に頭を下げる。へりくだる。

やつはソツなくそれをこなし、いかにも自然に、まっすぐにこちらへやって来る。様々な客と談笑しながら、視界の端に俺を捕らえることを怠らない。

「やあ、どうも。来てくださってありがとうございます」

「いやいやこちらこそ、今年もお招きいただき、本当に光栄です」

「そんな、こちらこそ。いろいろとご縁があるのですから、どうぞ水臭いことを言わないでくださいよ」

いろいろとご縁、という言葉を聞いて、わずかに狼狽する。まさか、社長は俺とこいつの関係をすでに聞かされていたのだろうか。

「ああ、実はな、秋吉君」

俺が顔をしかめているのに気づき、社長はそれをどう解釈したのか、説明を始める。

「俺が昔勤めていた会社は、泉田社長の父君の会社でね」

「へっ……？」

「あ、そうそう、ご紹介が遅れました。こちらが我が社の将来有望なシナリオライターの、秋吉君です」

「ど……どうも」

社長はどうやら何も知らないようだとわかって安心したものの、社長が昔勤めていた会社が、泉田の親の会社だったらしい。会社名を聞くと、かなり有名な大手医薬品メーカーだ。あんな大きな会社を経営している親ならば、あの豪邸も頷ける。

あまりにも予想外な出来事が続き、俺はロボットのようにぎこちない手つきで泉田に名刺を差し出す。

「ああ、彼がそうなんですね。話題ですよ。うちのゲーム会社にもファンがいるくらいで」

「おや、そうなんですか。それは光栄です」

泉田は何食わぬ顔で俺の名刺を受け取り、自らの名刺も差し出した。もちろん、以前貰ったことのあるものだけれど、社長の手前、丁寧に受け取る。

「実はな、秋吉君。この社長が直々に、君を連れてきて欲しいと言ってくださったんだ」

「は、はあ……恐縮です……」

そんなことは、聞かなくてもわかり切っている。

もしも俺が流通会社の正体に最初から気づいていたとしても、社長の顔を潰すまいと俺がのこのこ出て来ることは計算のうちだっただろうし、最終的に会場で気づいても、やはり同じ理由で逃げ出すことはできないと、この男は確信していたのだ。

(まさか……こんな手を使ってくるなんて……)

甘かった。このまま逃げ続けていればどうにかなるかも、なんて考えていた自分が甘過ぎた。甘党も逃げ出すスイーツ過ぎた。

蒼白《そうはく》になっている俺に、泉田は傍に来たコンパニオンから受け取ったオレンジ色のカクテルを差し出す。

「酒はいけないんですか？　少しだけでも飲んでみたらどうです。これは弱いやつだから」

にっこりと微笑んでカクテルを勧めてくる泉田。笑っているのに威圧感は普段の倍以上だ。

「飲んでみなさい。酒は少しずつ慣らせば、誰でも飲めるようになるんだからね」

社長の言葉に、俺は逃げ場を奪われた。

観念して、差し出されたカクテルを受け取り、飲んだ。

飲んだ瞬間から、何かがおかしいことはわかっていた。けれど、吐き出すことなんかできやしない。

飲んで数分後、やがて俺は昏倒《こんとう》し――

＊＊＊

気がついたときには、ホテルのベッドの上だった。

全裸で、手足を拘束された状態で。

「目が覚めたかな」

スーツの上着だけを脱いだ状態で、グラスを片手に、泉田が窓際に立っている。

テーブルや絨毯《じゅうたん》やソファなど、いちいち豪華な部屋の調度品や、今自分が寝ているベッドの大きさを考えると、やはりスイートルームクラスだろう。そして、そんな最高級の場所が、この男にはよく似合った。

「君が悪いんだよ。俺をずっと無視するんだから」

「……ここまで……するかよ」

「仕方ないだろう。こうでもしなければ、他には君の友人の家を燃やして炙《あぶ》り出すくらいしか方法が思いつかなくてね」

やはり、行動パターンが把握されている。そして発想の方向性が怖過ぎる。

「社長は……」

「もちろん、丁重にお帰りいただいたよ。君に飲ませてしまったことを酷く後悔していたが、勧めてしまったのはこちらだから、きちんと部屋をとってゆっくり休んでいただく、と伝えたら恐縮していたが、納得した様子だったからね。安心したまえ」

それを聞いて、どうやら社長を巻き込まずに済んだことにほっと安堵する。これまで仕事や社長の話をする度に泉田は機嫌を悪くしていたので、万が一のことがないかと不安だったのだ。

「それにしても、あんた……知ってたんじゃねーか。うちの社長のこと」

「そうだよ。言っただろう？　彼は、俺の実家の会社に勤めていたんだ。ついでに言えば、彼の息子も同じ会社で働いている」

息を呑む。

明らかに、これは脅しだった。俺が社長を尊敬していると、恩を感じていると十二分にわかった上での脅迫だ。

「そして、蛇足かもしれないが……今後、君の会社の商品を流通させなくなることも可能だ。もちろん流通会社はうちだけではないが……。まあ、いろいろと手を打てばね」

優しい声音で、下卑た言葉を喋る。そしてその下衆な台詞は、最後通牒《つうちょう》に等しい。

「それでも、まだ君は俺から逃げたいと思うかな?」

「……アンタ、最低だな」

吐き出すように言うと、泉田は笑った。

「本当に、その通りだ。俺は公私混同はしない。少なくとも今まではそうだった……けれど、事情が変わってしまったもんでね」

窓際を離れ、俺の転がるベッドに腰かける。重みで傾いだ俺の体を眺めながら、泉田は満足そうに目を細めた。

俺は後ろ手に縛められ、足も開いたまま閉じられない格好で縛られている。料理されるのを待つばかりの魚のようで、もう恥ずかしいとも思えるレベルも超えている。

「アンタ……怖いよ。超怖いよ」

「怖い?」

「ここまでするなんて、普通じゃねえよ。……怖過ぎだよ」

人の気持ちを利用して、逃げられない場所に引きずり出して。更に強制的に眠らせて、しかもその間にこんな悪趣味な緊縛まで施して。

そこまで、何もかもを自分の思う通りにしたいのだろうか。自分の意に反するものの存在が許せないのだろうか。

俺には、理解できなかった。今だけじゃない、ずっとこの男のことが理解できていない。

そして、理解できないものは、怖い。

「そうか……怖いか」

男は笑顔のまま呟き、優雅にグラスを傾ける。

「それならば、恐怖を薄れさせる薬をあげよう」

泉田は懐を探り、飲んでいた白ワインに何かの錠剤をぽとりと落とす。そしてそれを自ら口に含むと、俺にのしかかり、強引に口を開いて流し込んできた。身動きのできない俺は、そのままそれを受け入れるしかない。

「んぐっ……、う、ごほっ！　ごほっ……」

「これは本当は君には必要のない代物だが……まあ、たまにはいいだろう」

どうせまたろくでもない薬なのだ。殺されることはないだろうと思いつつ、今のこの男が何をしでかすのか予想がつかず、身が竦む。

泉田は俺の髪を撫で、頬を撫でた。ようやく手に入れたお気に入りの人形を愛《め》でるように、頬ずりしてきた。

「しかし……君の言う通りなんだろうな。俺は、常軌を逸した行動をとっているんだろう……。君が俺からもっと遠い存在で……俺の取り得る手段の届かない存在だったなら、俺もここまでせずに済んだんだがな……」

「俺のせい、みたいな言い方……すんじゃねえ、よ……」

「ふむ、確かに……。だが、君が俺の好み過ぎるのが悪いんだ。最初から、俺は君に捕まっていたんだからね」

「店で罵倒されて、惚れるなんて……やっぱ、アンタおかしい……」

「いいや。もっと前からだよ」

（へ？……もっと前？）

意味がわからず、問い返そうとする。けれど、体が熱くなって、呼吸が忙《せわ》しなくなり、喋る余裕がなくなり始める。

「おや……効いてきたかな？」

「っ……やっぱ、そーいう薬、か……っ」

「君は淫乱だから、嬉しいだろう？　今度のシナリオにも、新しいレパートリーが加えられるよ？」

泉田は喉の奥で笑いながら、俺の肌を弄り始める。こちらはがんじがらめに縛られて身動きも取れず、逃げることもできないのだから、まさになすがままだ。しかも、薬のせいで触れずともゆるく勃《た》ち上がってきたそれを、自分で慰めることもできやしない。

ただひたすら、この男の愛撫《あいぶ》を待つしかない状況。それに気づいたとき、俺は震えた。

そう言えば、緊縛ものは書いていない。縛らなくたって、俺の書く女の子たちは皆主人公を好きになってくれたし、多少ツンデレで最初は気がない素振りを見せていたって、結局はべた惚れになってしまうのだ。

そう、このシチュエーションは、無理矢理でしか有り得ない。陵辱ものはあまり好きじゃなくて手をつけていなかったけれど、これは新しい展開として十分使えるのではないか。

「——じゃなくてっ！」

「なんだ、いきなり大声を出して」

こんな緊急事態であるにも拘らず、俺はまた仕事のことなどを考えていた。とことん社畜な自分が悲し過ぎる。けれど、こいつとセックスをしているときはいつもそうだったのだから、もう習慣になってしまっているんだ。

俺は疼く体のもどかしさに身じろぎしようとする。しかし、見事なまでに動かない。緊縛に興味のない俺にはわからないけれど、なんとなく見たことのある縛り方のような気がする。亀甲縛り、とかなんとかいうやつかもしれない。

それにしても、この男のレパートリーの広さには呆れる。あらゆる風俗店に知り合いがいるのはアダルトグッズ事業の賜物《たまもの》なのだろうけれど、自らも積極的に自社製品を使用していたのだろうか。

「……これ、縛ったの、アンタなの……？」

「当たり前だろう。他の奴に君の裸を見せると思うか」

「なんか凝った縛り方だと思うんだけど……そういう趣味あったのかよ。元奥さんにも使ってたり……」

「いや、あいつにはしなかったな」

あまり話題にされたくないことだったのか、泉田が鼻白んだ顔をする。

「それにしても、君は随分と余裕があるね」

「だって、どうせ逃げらんねえし……」

「それでも、普通はもうちょっと足掻《あが》くものじゃないかな？」

泉田の指がゆるゆると乳首を擦る。その刺激だけで、頭の芯《しん》がじんと撓《たわ》み、下腹部に熱が溜まってしまう。

「っ……足掻いてどうにかなるってんなら、やってるよ。そんなに、抵抗して欲しいのかよ……」

「まあ、そうだね……俺はすぐに懐く犬よりも、生意気な猫の方が好きだからな」

「へっ……ペット扱いか」

まあ、アンタにとっちゃ同じようなもんろうけど、とぼやくと、泉田の手が止まる。

「どーでもいいけど、やるならさっさとやれよ。あんたがわかってるかどうかは知らないけど、この格好ずっと続けてるの、きついんだよ……」

実際、すでに足の爪先や指先は痺れ始めている。あまり長いことこのままの状態で縛られているのは辛い。

泉田は俺の股間へと指を滑らせ、ああ、そうだな、と気のない声で呟いた。

「確かに、そのようだ。では君の言う通りにしてやろう」

ただし、とふいに前置きをして、ぎゅうっと俺の勃起したものの根元を摑む。突然の強い刺激に、俺は堪らず息を震わせた。

「俺がいくまで、君が出すことは許さない。これはお仕置きなんだからね」

「……は？」

気づけば、泉田は手に見慣れない器具を持っている。細い棒状のものの先に、リングがついている。長さもなく、太くもない。後ろに挿入するものではなさそうなのが、なぜか恐怖を覚えさせる。じゃあ、あれはどこに使うものなんだろう？

「いってもいいよ。ただし、ドライでね。ここには栓をさせてもらうから」

「あ、アンタ……何、言って……」

「暴れるなよ」

泉田はそのまま俺の陰茎を撫で、先端にその器具を挿入しようとした。

「うあっ!?」

あり得ないその感覚に、俺は凍りつく。

「や、やめっ！　あ、ひぃ、ひ……」

今まで味わったことのないような、奇妙な危うい感覚。ざりざりと剝き出しの神経を擦られていくような、冷たいのに、焼けつくような痛み。

「や、だ……っ！　あ。あああっ」

「大丈夫だ、もう少しだから」

何が大丈夫なもんか！　と叫びたかったが、言葉にならない。

とうとうその器具は全長を俺の陰茎の中に埋め、そして泉田は上のリングを先端のくびれの下に通した。固定されてしまい、いくら腰を震わせようとも、抜ける気配がない。

「ふう。これでよし、と」

一人で満足げに串刺しになった俺の息子を撫でる泉田。じんじんと響くような痛みは抜けておらず、俺は不快感に顔を歪める。

「ひ、ひでえ……っ。な、んなんだよ、これっ……!?」

「尿道プラグって、知らないのか？　ああ、そう言えば君はそういう作風ではなかったね。だが、知識くらいはあってもよさそうなものだが」

「そんなもん、いらねえよ！　うう、い、いやだ、いやだこんなのっ……」

この男に、ありとあらゆるものを奪われていく。後ろを奪われ、前のこんな場所まで奪われ。この他にも、まだ蹂躙《じゅうりん》し得る場所があるのだろうか？　恐ろし過ぎて考えたくもない。

痛くて痛くて辛いはずなのに、薬のせいでプラグを呑み込んだ陰茎はまだ勃起している。火照って熱い体が切なくて、それなのにそこに変なものを入れられているせいで混乱して、もどかしさに涙がこぼれる。

泉田はそれを舐めとって、子供を宥めるように、俺の頬にキスをした。

「泣くなよ……。そんなに痛かったか?」

「う、ううっ……! は、外してくれよおっ……!」

「それはだめだ」

即答されて、更に涙が溢れる。鬼だ。

どうして、なんでこんな辛い目に遭わなければならないのか。どう考えたって、俺に非はないはずだ。それなのに、なぜ。

「君は俺から本気で逃げようとした。そしたらどうなるのか、この体に刻み込んであげないといけないからね」

「あっ……アンタが悪いんだろうがっ!! 婚約者がいるのに、なんで俺なんかっ……」

「婚約者は、もういない」

突然に告げられた言葉に、俺は絶句した。

泉田は顔色も変えずに、薄ら笑いすら浮かべて、俺を凝視する。

「婚約は破棄した。これで問題ないだろう?」

「な……なんで……」

酷く困惑しているものの、理由はひとつしか思い当たらない。

「お、俺のせい……？」

「ああ、君のせいだな」

ふ、と小さく笑い、泉田は大きな手を俺の汗ばんだ太腿にゆっくりと這わせる。そんなささやかな感触にすら、過敏になった体は快感を示す。

「だが、勘違いしないで欲しい。俺は自分の人生を自分の好きなようにできないのが嫌なだけだ。俺は俺のやりたいようにやる」

「だ、だからって……っ、あぐっ……！」

ローションに塗れた指が、尻の谷間に吸い込まれる。俺は息を詰めて、その感覚に耐える。

「そして、俺は試されるくらいならば好きだが、振り回されるのは好きじゃない。君ほど俺を振り回した子はいないがな」

「振り回し、たつもりなんかっ……、ない！　アンタが、勝手にっ……」

蕩けた直腸を弄られ、思考が澱《よど》む。もう、何も考えずに、快楽に身を任せてしまいたい。そう思っているのに、陰茎の中のヒリつくような刺激が意識を冷まさせる。入れられた瞬間よりかは多少馴染んできたものの、無視できるほど生易しいものではなかった。

「そうだ。こんなことは初めてだ。俺がここまで誰かを追いつめたいと思うだなんて……」

泉田は口元に微かな笑みを浮かべたまま、俺の尻をぐちぐちと拡げていく。

「は、あぁ、ふあ……」

久しぶりのそこの感覚に、俺は安堵のようなため息を漏らす。

ずっとこうされたかった。そこに刺激が欲しかった。けれど、そんな自分が嫌で、必死で我慢していたんだ。夢に見たのは一度や二度じゃなかった。そのくらい、煮つまっていた。

「元々、俺の好みはグラマラスな美女なんだ。妻だった女も、そうだった。そこにいるだけで場が華やぎ、彼女の周りのすべてのものは、彼女を彩る装飾品に過ぎなくなる。美しい顔、豊満な体。そして物欲に忠実な、単純な頭――そういうものを、俺は好んでいた」

泉田は独り言を呟くように語り始める。

「だが、直《じき》に彼女に飽き、俺は女を作った。そいつは妻とは比べ物にならないほど貧相で、地味で……しかし、彼女は賢く、プライドが高かった」

「そ、んな話っ……、別に、いらな……、はうっ！」

水を差そうとすると、プラグが埋まったままの陰茎を擦られて、悲鳴を上げる。「まあ、聞いてくれよ」と泉田は薄ら笑いを浮かべ、音を立てて俺の唇に吸いつく。

「俺は彼女のその骨張った華奢な小さな体を抱くとき、どこか罪悪感を覚えたものだった。体格が違い過ぎるということもあるが、こんなにも誇り高い彼女をこうして組み敷いていいものか、とね……そしてそれがまた、大きな興奮を生んだ」

そのかつての愛人に俺が似ていた、とでも言いたいのか。けれど口にすればまた酷くいじめられそうで、俺はただ荒い呼吸を繰り返す。

「やがて、俺は彼女からも離れた。それは妻とは違った理由だ。夢中になり過ぎて、やがて監禁してしまうのでは、と恐ろしかったからだ」

「……その、愛人が理由で、離婚、したのか……」

「それもあるが、妻自身も他に男を作っていた。妻にはもうなんの未練もなかったし、すっぱりと別れたがね」

泉田が俺の瞳の奥を覗き込むように顔を寄せる。そしてきつく口を吸い、舌を絡め、俺の唾液を啜《すす》る。濡れた舌の擦れ合う感触が気持ちいい。夢中になりかけたとき陰茎がヒクつき、またあの異質な下腹部の感覚に苛《さいな》まれ、溶けかけた頭が我に返る。

「……俺が何を言いたいか、わかるか？　倖太郎」

「し、知らねえよ……あ、アンタの女の話、なんてっ……は、あう」

ちゅぽ、と音を立てて、後ろから指が引き抜かれる。俺は切なさに喘ぎ、限界が迫っている渇望に悶《もだ》えた。

「彼女からは離れられたが……君からは、無理だった、ということだ」

「っ……あ、あっ……」

泉田は縛られた俺の体を後ろから横抱きにして、そのまま背後からぐいと尻に滾《たぎ》ったものを突き立てた。

「うああああっ！　あ、は……うぐ、あ、あああ」

ぐちゃり、と濡れた肉を割る音。久しぶりの、この刺激。本来閉じている場所を無理矢理こじ開けられ、奥まで蹂躙される、本能を脅かすほどの快楽。みっちりと泉田の形に拡張された肛門が、反り返った硬い男根を咥え込んだ柔らかな直腸が、歓喜に震える。

ああ、そうだ、これが欲しかった。一度知ってしまったこの味は、もう二度と忘れられない。

「あぁ……、は、あ、ふぁ……」

「ふう……きついな……。まだ一月も経っていないはずなのに、ずっと君を抱いていなかった気がするよ……」

後ろから首筋や耳に唇を落とされる。しこった乳頭をコリコリと揉まれ、奥までずっぷりと呑み込んだ腹の奥に熱い官能の波が弾ける。

「あはあっ、あ、あ、はあぁ」

「君は本当に……俺の欲望のすべてをそそる存在だ……。君を抱いた夜は興奮して眠れない。抱けない日が続けば、長い付き合いの部下にまで怖がられるほどの物騒な気配を発してしまう……情けないことにね」

本当に、今夜の泉田はよく喋る。何日も徹底的に避けてきて顔すら合わさなかったせいで、何か抑圧されていたものが溢れてしまったのだろうか。俺の肌を休むことなく愛撫しながら、泉田はしばらく動かずに、ただひたすら俺に囁きかけていた。

「こんなことにまでなるとは思わなかった……だが、君とあの秋葉原の路地裏で出会ったときから、もう運命は決まっていたのかもしれないな……」

「は……？　あ、き、はばら……？」

朦朧としかけた意識が、奇妙な言葉を拾う。

（さっきも、何か言ってた……あれ？　何か引っかかる……）

「うっ……あ、はあっ、あ、あっ！」

けれど、記憶を探ろうとする前に、泉田が動き出す。

「はあ……倖太郎……君は……君のすべては、俺のものだ……！」

内臓をすべて持っていかれそうな勢いで引き抜かれ、口から出そうなほどの深さで突き入れられる。その激しく大きな動きは、溜まっていた情欲をすべて叩きつけてこようとするような、力強さに満ちていた。

「うああ、はあ、あっ、あっ、んはあっ、あぁ」

「く、ああ、どうだ、いいか、気持ちいいか？　君も感じているか⁉」

感じている、どころの話じゃなかった。目が裏返るほどの衝撃に、戦慄く粘膜を捲り上げられる快楽。それなのに、陰茎に栓をされて、射精できない。

（いつもなら、もう、何度も出してるはずなのにっ……）

引き攣れるような痛みは消えない。それなのに、奇妙な快さがうずうずと尿道に込み上げ、揺すぶられてわずかに中を擦られる度、いってしまいそうになる。後ろからの激しい攻撃と、前を苛む痛みと快感とで、頭の中がぐちゃぐちゃになっている。

「あああっ、ひい、ひや、あ、やらあっ！　あ、あ、だめ、ああっ！」

「何がダメなんだ？　そんな、すごい声を上げて。君だってずっと欲しかったんだろう？　俺から逃げていたくせに、君の体はこんなにも悦んでいるじゃないか！」

「ひううっ！　あはあ、あっ！　ふああ、あ、やあ、あああ」

ぱんっ、ぱんっ、と肉のぶつかり合う音がするほど、強く腰を押しつけられる。ぐちゅぐちゅ、ぶちゅ、ずぼ、と夥《おびただ》しいローションが飛び散り、肌と肌の間で糸を引く。

待ち侘《わ》びた逞しい男根に絡みつく潤んだ肉。幾度となく擦り上げられ揉み転がされ痙攣する快楽のしこり。すでに視界は何度も白く染まり、俺は射精できないままに絶頂に飛んでいる。けれど、パンパンに溜まった精液は陰茎の奥ですでに飛び出すのを待つばかりで、それを異物に阻まれ、今にも爆《は》ぜてしまいそうだった。

「うう、あ、やだあ、取って、頼む、からっ……」

「その台詞はこの前も聞いた気がするな……君は本当に堪え性がない」

「出したい、んだよお！　お願い、だから、とってくれよお……！」

大きく胸を喘がせて、泣き叫ぶ。じんじんと張りつめた陰茎が苦しげに涙を流している。わずかな隙間からこぼれるそれは白濁混じりで、限界を通り越していることを訴えている。

「だから、言っただろう……俺が達するまで、君が達してはいけないと」

「だ、だって……！　俺、全然、動けない、のにっ……」

ただすべてを泉田に任せ、この男が射精するまでただ揺すぶられることしかできないというのか。

俺の涙の訴えに、確かに、と呟いて、泉田は脚の拘束だけを解いてくれる。

「君が動いた方がより早く俺をいかせられるというのなら、やってみろ」

体勢を変え、仰向けになった泉田の上に騎乗位の格好で乗せられるけれど、脚が痺れてしまって、まだ上手く動けない。

しかし、やるしかなかった。

「うぐ、う……ふうう、あ、はあ……っ」

屹立《きつりつ》したそこに、ゆっくりと腰を落とす。すると、自分の重みも相まって、ずっぷりとより深くまで埋まってしまう。

「ああっ……はあ、はあ、く、あ……」

「ふむ……これはなかなか、いい眺めだな」

一人ご満悦の泉田が、軽く腰を突き上げる。それだけでずんずんと脳天にまで重い衝撃が走り、俺は縛られたままの上半身を反らして泣き濡れた。

「ほら、君が動かないと、さすがに俺は出してやれないぞ？」

「うっ……く、くそお……はあ、んあ」

挑発されて、俺は唇を噛みながら、必死で腰を上下させる。じゅぽ、じゅぽ、ぐちゅ、ぐちゅ、と結合部で濡れた音が鳴り、それに煽《あお》られて、自然と動きが盛んになっていく。

「はあっ、はあっ、ひあ！　あ……あふぁ、あ、はあぁ」

「ふ……、くぅ……、あぁ、いいな……その調子だ……」

泉田自身も小刻みに腰を突き上げる。ずん、ずん、と腹の奥を押し上げる息苦しい感覚が立て続けに全身を震わせる。

（はあ……あぁ……もう、出したい、出したいよおっ……！）

頭がおかしくなりそうだ。体の中が全部蕩けてなくなってしまいそうなほど、奥から発熱しているように火照っている。

「も……、とっとと、いけよおっ！　この、遅漏っ……！」

「君が早漏過ぎるんだよ。だから少しは我慢を覚えろと言ったんだ。ほら見ろ、栓をされているのに、もう出しかけているじゃないか」

「ヒッ……」

前で揺れていたものを大きな手で握られて、息が止まる。

「口がハクハクしている……ほら、また漏れた」

「ひあっ！　や、あああ！　掻き回すな、あ、ああああっ!!」

焼かれるような痛みに絶叫する。泉田はそれに構わず、無遠慮にプラグをぐりぐりと中で回す。合間から間欠泉のようにぴゅっ、ぴゅっ、と白濁の液が飛び散る。

「やめてええ！　いやあ、やだあ、しぬ、しぬうっ!!」

「死なないよ、大丈夫だ……中の、締めつけがすごいな……やはり君はマゾヒストだ」

「ち、違っ……！　ア、ヒアあああ!!」

目の前に火花が散る。涙も鼻も涎も垂れ流しで、俺は家畜のようにヒイヒイと泣き叫ぶ。

（やだ……こんなひどいアヘ顔のエロゲーなんて、やだ……そういうの、昔から全然抜けないし参考にならねえよお……）

白目を剝いて舌を出した女の子の顔は嫌いだ。怖い。でも今多分、俺はそういう顔をしている。

「はあ、はあ、はひ、ひああっ！　ああ、や、あ、やらあああ」

プラグを呑んだままの張りつめた亀頭を揉まれ、ズブズブに脳が溶ける。そうされながら、こんこんと腰を突き上げられて、四肢の先までオーガズムが弾け、俺はまた射精しないまま絶頂に飛ぶ。

「ひい、ひぃい、ひぃ……」

「ふう、すごい、な……千切られそうだ……。ああ、俺も、そろそろ、いけそうだよ」

遅漏男が何か言っているけれど、もう何も聞こえない。俺はただがんじがらめの上体を揺らしながら、白い世界に吹っ飛んでいる。

トロトロになって美味そうに男根にしゃぶりつく粘膜。逞しい太さを咥え込んで戦慄く、限界まで張りつめた括約筋。ズコズコと激しく長大なものを出し入れされて、快楽の汗を絞る火照った肌。

「はひあ、あ、あああぁ、いいぃ、はあ、あああ」

「くっ……、はあ、はあ、あぁ、も、出すぞ……、倖太郎っ！」

「ひ……ひあああああ!! あんあ、あ、あああああ」

怒濤の突き上げを食らい、一瞬意識が飛ぶ。

次の瞬間、前に埋められていたものが一気に引き抜かれ、俺は、何かの驚きに打たれた。

「あっ……」

「ッ……ふ……、あぁ……はは、よ過ぎて、そっちも、出てしまったか……」

奥に吐き出されるのを感じると同時に、俺自身のものも爆ぜた。

俺は目を見開いたまましばらく硬直していた。

堰《せき》を切ったように激しい精液が飛び出した後、勢いよく漏れていったのは、黄金色の聖水だった。

＊＊＊

泉田は恥ずかしげもなく汚れたベッドを片づけるようにホテルの従業員に命じた。

そしてようやく俺の縄を解いて、腰の立たなくなった俺をバスルームへ連行する。

——過去最高の、酷いセックスだった。

「少し、無理をさせ過ぎたか？」

「少しじゃねーし」

俺の髪や体を甲斐甲斐《かいがい》しく洗いながら、泉田は苦笑した。

「悪かった……。君といると、どうしても歯止めが利かなくなる」

「……頼むから、殺さないでくれよ」

「まさか。君がいなくなったら、俺は何を抱けばいいんだ。そんなことはしない」

(信じられねーっつーの……)

興奮し切っているときの泉田はヤバい。冷静なときに殺さないと言われたって、なんとなく信用できないくらい、あのときは突っ走っている。もしも、そのときに泉田が俺を殺そう、と思ったら、もう絶体絶命だ。ほぼ百パーセントに近い九十九パーセントくらいの確率で殺《や》られる。筋肉ゴリラ対ガリオタなんて一秒で試合終了だ。

だけど、もう諦めてしまった。だって、この男はどう逃げたって捕まえに来るのだ。その度に、さっきのようなことを繰り返されていたんじゃ、心の方が先に壊れてしまう。

俺の全身のケアを済ませると、泉田は自分自身も手早く洗い、俺を抱えて湯船に入る。

すっぽりと泉田の腕の中に収まってしまう自分のサイズに今更ながらに絶望しつつ、しっとりと合わさった肌の感触に、まだ残っている快感の名残《なごり》を奥に感じて、俺は目を伏せた。

「直己さん……俺に会ったの、あの店が初めてじゃなかったんだな……」

ぽつりと呟くと、「やっぱり気づいていなかったか」と、ふっと笑う。

「あの店で再会したのは偶然だったがね……君があそこに通っていることは知っていた」

「だから、あんなに驚いてたのか……」

俺が立ち上がって泉田を罵倒したときの泉田の顔は、今思い出しても笑ってしまう。それまでゆうなたんを叱っていた冷酷な表情とは打って変わって、鳩が豆鉄砲を食ったようにポカンとしていたんだ。

「だがあのとき、君はやはり君だな、と思った。とても嬉しかったよ。変わっていなくてね」

「……それ、なんなんだよ。秋葉原の路地裏、って……」

「オタク狩りにあっていた可哀想な男の子を助けたんだ」

泉田の指が、俺の胸の、赤くなった縄目の痕《あと》をなぞる。

「三人の男に囲まれていてね。俺が割って入ると、そいつらは余計な抵抗をしようとしたので、思わずこちらも手が出てしまった。彼らはすぐに逃げ出した」

（ああ……やっぱり、そうか）

覚えている。忘れたことなんかない。人が人を殴る場面だって、テレビの中以外では初めて見た。酷く衝撃だった。

けれど、どうしてこの男の顔はわからなくなってしまったんだろう。

「……だけど、残った被害者の男の子は、泣くでもなし、俺に礼を言うでもなし……、ただ俺のことを睨みつけて、逃げてしまったんだ」

「ひでー奴だな」

「君だろうが」

きゅっと乳首をつねられて、ウッと押し黙る。これ以上、無体を働かれるのはごめんである。

「そのとき俺は、妻と別れたばかりだった。決まった女もおらず、独り身で……暇さえあれば、なぜかその男の子のことをよく思い出した」

「まさか……おかずに使ってた？」

「いや、そんなことはしない。俺はその気持ちがなんなのかも、自分自身わかっていなかった」

性欲過剰なこの男のことだから、てっきり妄想の中ですでに慰み者にされているかと思っていた。けれどそう言えば、最初もこの男は自分はホモではないと主張していたし、自覚がなかったというのも本当なのだろう。

「けれど、その後秋葉原を訪れても出会うことはなかった。見つけたのはそれから数年後。俺の経営するメイド喫茶に足繁く通う彼を偶然見つけたんだ」

「ふーん……。俺、変わってなかった?」

「まったく。ずっと言っているだろう。君は顔も体も綺麗だ。そんじょそこらのオタクとは見映えが違う」

「いや……まったくそんなことないと思うよ」

それこそ、恋の欲目というやつだと思う。俺は学校では担任にも名前を忘れられるほど存在感が薄かったし、リア充のガキ大将になんだかんだといじめられる陰気なオタクの王道ルートを歩んできている。

俺が本当に泉田の言うような綺麗なオタクだったら、少なくとも、もう少しマシな人生を送っていたはずだ。

「君は本当に、俺のことを思い出さなかったのか? あのとき、あんなに強く俺を睨みつけたのに?」

「……さあ。嫌なことは忘れたかったんじゃねえの」

今、はっきりと思い出す。あの日は、日差しが強かった。路地裏で、大通りを背にしていた泉田は、ビルの間から差し込む光で、まったく顔が見えなくなっていたんだ。

だから、睨みつけていたんじゃない。俺は、眩しさに目を細めていただけだった。三人の不良をあっという間に撃退してしまったゴリラのような大男を、睨みつけられるほどの根性はなかった。

(だけど、同じようなもんか。だって俺は……)

「なんだか、俺ばかりが覚えているのも悔しいな……」

泉田は俺の内心には気づかず、不満げに顔をしかめる。

本当のことは、今は言わない。あの出来事が、どれだけ大きく俺を変えたのかなんて。

こんなに酷いことをされた後なんだから、絶対に言ってやらない。

「なあ……倖太郎」

ふと、泉田が俺を抱き締める。そして、どこか改まった調子で俺の名を呼ぶ。

「これからはちゃんと、俺に会ってくれるだろう?」

あれだけのことをしたというのに、まるで媚びるように、機嫌を窺うように訊ねる泉田。

(自分で、あんだけ下衆に俺のこと脅したの、忘れちまったのかよ)

白い肌に残る、無惨な緊縛の痕を眺めて、俺は無言になる。

社長の息子をクビにできることを示唆していたし、会社のゲームを市場に出回らなくさせることもできると、はっきりと宣言していた。

そんなことを言われて、俺がこの男を拒めるとでも思っているのだろうか。

（ただ、俺の口から聞きたいだけか。まるで、俺自身の意志で言ってるみたいに）

本当に、どこまでも自分勝手な奴だ。そんなことは絶対に有り得ないのに。

だけど、泉田は俺のために、どうやら結婚も決まりかけていたらしい婚約を破棄してしまった。

それに、こんな、誰からも相手にされないようなキモオタの俺のために。

こいつはあのときの男だったのだ。俺の心を——ひいては、俺の人生を変えてしまった、あのときの。

そんな男が、まさに手段を選ばずに、俺を繋ぎ止めようとしている。

あんなにもたくさんの著名クリエイターや大企業の社長に頭を下げられていたこの男が。

売れないエロゲーシナリオライターの俺なんかを、執念を燃やして手に入れようとしている。

拒んでしまえば、それこそ監禁でもされそうな勢いで。

（やっぱり、今でも理解できないし意味不明だけど……とりあえず、少しだけ気分はいいよな）

こいつは、俺の歩む道を変えてしまった。

だけど、俺もこいつの道を狂わせ始めている。

痛快と言えば痛快だけれど、そこまで俺は歪んでないし、いたたまれなくて、気分が悪い。

道を外れ始めているのはお互い様だ。それに俺は、この男のことを大嫌い――というわけじゃない。

「……わかったよ」

少しの沈黙の後、俺は小さく呟いた。

「いいよ。わかったよ。もう……逃げないよ」

「……倖太郎」

ざぶん、と湯を掻き分けて、大きく泉田が動く。

俺はその逞しい腕に抱き竦められて、熱烈に唇を奪われた。唇を吸われ、歯茎をなぞられ、舌を深く絡められて、微かな声が漏れてしまうのが恥ずかしい。

「君がそう言ってくれるのを待っていた」

甘く低い声で囁かれて、ずくんと腰の奥が震える。

「もう、あんな酷いことはしないよ……約束する」

逃げないという言葉を守ってくれれば。

そう言外につけ加えられているのは明らかだったけれど、とりあえず俺は頷いた。

下腹部に当たるものが立派なサイズになっているのを感じて、やっぱり前言撤回したい、と心の中で泣きながら。

オワタ。人生諦めが肝心

「あ――――なんでだ――!?」

「うるせえこーたろ！　いちいち騒ぐな!!」

俺はもう泣き叫びたかった。泉田に責められて泣き叫ぶのと同じレベルで喚《わめ》きたかった。

俺は売れないエロゲーシナリオライター。

だけど今、なぜかグラフィッカーの作業をやっている。

「まーた間違えたんすか。こーたろサン」

「す、すみませ……」

「アンタ、とことん覚え悪いっすねー。使えねー」

金子が心底呆れた目で俺を見下す。そしていつの間にか馴れ馴れしい名前呼びになっている。

マスターアップ予定日は二日後。それなのに絵はまだ完成しておらず、俺までこちらに回されるハメになっていた。

最も大きな原因は、村山という主力のグラフィッカーが辞めてしまったためだ。あいつは要領よく大手ゲーム会社に就職が決まってしまい、いつの間にかスルッと消えていた。お別れ会なんて素敵なことはこの会社では有り得ない。誰かが辞める度にそんなことをしていたら毎月パーティーが発生してしまう。そしてそんな時間はどこにもない。あるならシナリオを書く時間に使っている。

（うう、村山……今回ばかりはお前を恨む……）

パニックに陥った頭の中で、まいんたんにキスされてダブルピースをかます気持ち悪いござるデブの顔がぽわんと浮かぶ。優良会社に転職して、可愛い彼女もできて、あいつは明らかに勝ち組だ。俺は世間ではブラックと言われる会社に文字通り身を粉にして奉仕し、ごつい威圧感男の彼氏がいる。勝ち組？　なわけない。

「ちょっと、こーたろサン」

「ん……何」

「これ、全部やり直し」

「え？　え――――？」

金子の鬼のような言葉が、更に追い討ちをかける。

「な、な、何で⁉　全部って、どこまで……」

「教えた塗り方、全然できてねーじゃん。簡単なアニメ塗りなのになんでわかんねーの？」

「だ、だ、だって、俺は、シナリオライターで……」

「今は猫の手も借りたい状況なんすよ。社長命令なんすから、わかってるっしょ？　だから早く覚えてください」

「う、ううう……」

「それが終わったらスクリプトも頼むぞ」

「うぐ、ぐぐぐ」

今確信した。本田も金子もドSだ。俺の周りにMっぽいのは村山しかいない。そう言えば、あいつは修羅場になればなるほどデュフデュフ燃えていたっけ。

俺はもう今日で三日間寝ていない。だって冬コミもうすぐで、そっちの原稿も上げたばっかりだし。シナリオも書き終えたのが昨日の夜のことで、それから間髪入れずにグラフィッカーに回されて、俺はまるで休んでいない。

そしてついでに言うと、なんとなく寒気がする。どこかで風邪《かぜ》を拾ってきたのかもしれない。会社以外はコンビニくらいしか行っていないのに、引きの悪さにもほどがある。そして今猛烈な速度で悪化しているような気がするのは、気のせいだと思いたい。

(今は倒れちゃダメだ……倒れちゃダメだ……)

そう思っているのに、体が思うように動いてくれない。

「あれ？　こーたろサン？」

最後に俺の耳が聞いたのは、ドS金子の白けた声だった。

＊＊＊

ピッ、ピッ、ピッ、と規則正しい機械音が鳴っている。

ぼんやりと目を開けると、染みひとつない、真っ白な天井が眩しくて、俺はまた目を閉じた。

（会社の天井って、こんなに綺麗だっけ……？）

そんな疑問を覚えたものの、今の俺が会社以外の場所にいるわけはないし、他の場所の天井を見ていたとしたら、それは夢だろう。

「ん……。目が覚めたか」

前にも聞いたことがあるような台詞。

ああ、そうか。これはやっぱり夢だ。俺の記憶を基にして、またあのときのＳＭプレイを夢で再現しようとしているのだ。あの趣味の悪い緊縛を。限界まで我慢させられた末のお漏らしプレイを。

「い、いやだ――!!」

「おい！　いきなり起き上がるな！」

思わずパニックになりかけたところを、強引な力でベッドに押し倒される。

その衝撃に、ハッと俺は我に返った。

真上にある、見慣れた泉田の顔。病院独特の、消毒のニオイ。腕から伸びた点滴の管。

「……あれ？　夢じゃない？」

「おいおい……。寝ぼけていたのか？　びっくりさせないでくれよ。いきなり錯乱したかと思ったぞ」

泉田はふう、とため息をついて、傍らの椅子にどっかりと腰を下ろす。

疲れた顔をしていた。もしかして、かなりの時間、ここにいてくれていたんだろうか。

俺もようやく、今おかれている状況を把握し始める。ここは病院で、つまり、俺は倒れてしまったのだ。しかし、どう見てもここは個室。横に座っている男が手配してくれたに違いない。

この静けさの中にいると、さっきまで仕事していたはずの会社の慌ただしさの方が、よほど悪夢と思える。何度も修羅場を乗り越えてきた俺だけど、今回のものは文句なしにいちばんキツい。

「あの……俺、やっぱ倒れた？」

「当たり前だ。インフルエンザのくせにハードな仕事を続けているからだ」

「えっ……インフル……」

俺は驚いて、しばらく言葉を失った。

よりによって、今こんな忙しい時期に、そんなシロモノにかかってしまっていたとは。

「な、直己さんは傍にいて平気なのか」

「もちろんワクチンはとうに打っている。心配するな」

そうだ、自分もワクチンを打つべきだったのだ。だけど、そんな時間はなかった。仕事に忙殺されているうちに、気づいたらインフルエンザは流行していたのだ。

「ってことは……俺、会社に戻れないのか……」

「当たり前だろうが！　君は救急車で運ばれたんだぞ？　肺炎寸前だった！　この期に及んで何を言っているんだ！」

泉田が眉《まゆ》を吊り上げて憤る。

「だって……今すごい修羅場で……」

「どうしても行くというのなら、この場で俺が君の足腰を立たなくしてやってもいいが」

「大人しくしてます」

この男なら有言実行するだろう。どんな脅し文句よりも覿面《てきめん》だ。

「それにしても……想像以上にメチャクチャだな。君の会社は」

重々しくため息をつかれて、俺は反論できずに視線を逸らす。

「……今回が特別酷いんだよ」

「だが、泊まり込むのが常習化しているんだろう？　中にはまだ学生だっているという話じゃないか」

「それは……俺たちがやってるだけで。社長はちゃんと家に帰れって言ってるよ」

「だが、それでは間に合わないから会社に泊まるんだろう？　まあ、そんな会社は腐るほどあるが、まさかシナリオライターにまで寝かせずグラフィッカーの仕事をさせているとはな」

その点は何も言い訳できない。社長は会社を回すことを第一に考えているから、どんなことが起きようと、発売日を遅らせるなんてことはまず絶対に許さないからだ。

「ところで……今更だけど、なんで直己さんがここに？」

「君が倒れたと聞いたからに決まっているだろう」

「誰から？」

「もちろん、君の会社の人間だ。金子という男だが」

「金子おおお!?」

思わずまた起き上がりそうになって、泉田の手にがっちりと肩を押さえられる。

「な、な、なんであいつなの!?　なんであいつがアンタに連絡すんの!?」

「もう少し声のトーンを落としなさい。個室とはいえ病院だ。そのうち注意しに来るぞ」

紛れもない正論なので、俺はぐっと黙り込み、興奮状態をなんとか鎮めようとする。

それにしても、よりによって金子だ。一体どうしてあいつがこの男と繋がっているのか、皆目わからない。ドS同士で馬が合うから、とかではないのはわかっているが、まるで想像がつかない。

するとと、泉田は次々に驚愕の事実を暴露し始めた。

「もう潮時だと思っていたから言ってしまうが……実は、彼は俺が契約した探偵事務所の人間だ」

「へ？」

「半年ほど前だったか？　君をあの店付近で発見してから、すぐに住所や勤務地を調べ上げた。君はどうやら自宅にいるよりも一日のほぼすべてを会社で過ごしているようだったので、潜入して毎日報告書を送らせていたんだ。それが金子君だよ」

俺は、今度こそ絶句した。

真実を聞いた今だからこそ、納得できる点がいくつもある。そもそもオタクではなさそうだったし、最初からやる気がなくて、どうしてうちの会社に入ってきたのかわからなかった。

それにしても、なぜあいつは、俺の体がおかしいのどうのとイチャモンまでつけてきたのだろうか。

「あいつなんだけど……俺に、病院行ってみたら、って言ったの」

「ああ、そうだったのか。まあ……もうそろそろ嫌気がさしてきていたんだろうな。報告書も刺々《とげとげ》しかったから、交代の時期だと思っていたよ」

「そうかもしれないけど、あいつのは多分性格。最初から嫌な奴だったし」

「ふーむ。そういう作戦だったのかもしれないけどね。オタクという人種は俄仕込みを嫌うだろう？　最初からアンチオタク的な態度をとっていれば楽だと思ったんじゃないかな」

「よくわかんないけど……それにしても、あいつ探偵だったのかよ……」

道理で、最初は何もゲームのことを知らなかったはずだ。村山が一から教えたのだが、かなり覚えは早かったらしい。ほとほと器用な奴だ。

「それにしても、アンタ、わざわざそんなことしてたのか」

「君のことが知りたかったからね。君のライフスタイルを把握していれば、いつかきっかけはできるだろうと思っていたが、まさか君の方から飛び込んできてくれるとは思っていなかった」

そう、あれが最大の過ちだった。

即座にそう思ったけれど、どのみちなんらかの手段で同じ道を辿らされていたに違いない。結局、この男に目をつけられた時点で、俺の逃げ場はないのである。俺は諦めることを学習している自分が悲しくなった。

「とりあえず、暴露してしまったからには、彼にはもう役目を終えてもらおう。君にもね」

「は？……俺が、なんだって？」

「だから、君にもあそこを辞めてもらう。これからはフリーランスとして活動するんだ」

思わず、日本語でおk、と言いたくなるほど意味不明だった。

「い、いやいやいや……なんでアンタにそんなこと決められなきゃなんねえの」

「だって、体を壊すまでこき使うようなところに君を置いておけないだろう」

「いや、それは俺が決めることだから！」

「だめだ。俺はもう決めたんだ」

にっこりと優しい微笑で断言されて、俺はもう二の句が継げなかった。

あまりにも驚天動地なことが多過ぎて、すでにマスターアップのことは頭から吹き飛んでいる。それよりも重大な危機が俺の前に横たわっているからだ。

けれど、もう決意を固めてしまったらしいこの男に対して、俺に何ができるというのだろうか。あまりにも絶望的なそのハードルの高さに、思わずハラハラと涙を枕《まくら》にこぼしてしまう。

「泣くほど嬉しいのか？」

「悲しいんだよ！　アンタ横暴過ぎるだろ！」

「君にとってもいい提案だと思うんだがな。若いうちからあんな場所で働いていたら、間違いなく早死にするよ」

あんたに毎晩押し倒されても同じことだと思う、という言葉は辛《かろ》うじて呑み込んだ。

「大体、君は社長への恩義だけであの会社に残っているんだろう？」

「……そうだよ」

「それはもうとっくに返していると思うんだがな」

「は？　そんなわけないだろうが！」

「知らないのか？　俺と関《かか》わり始めてからの君のゲームは、何度もリピートがかけられているはずだ。業界的に見てヒットからはほど遠いが、君の会社にとっては快挙に違いない」

初耳だった。どのくらい売れているのか、社長は教えてくれないし、数字を知っているのは限られた人間だけだ。多分、いきなり俺が天狗になってしまうのを恐れたのかもしれない、と思う。社長はずっと、謙虚に謙虚に、と繰り返し会社で教えてきていたから。

「だが、君がこんな働き方をしているんじゃ、せっかく出かけた芽も枯れてしまう。だから俺は、なんとしてでも君を辞めさせる」

「……フリーランスになったって、仕事、くんのかよ……」

「くるに決まっているだろう。言っておくが、君のシナリオは内容はさておき、ライティングのスピードはかなり速いぞ。需要なら腐るほどある。ただし、君がどんなものを書きたいか、という問題がここで出てくるが」

そりゃ、あの会社でずっと仕事をしていれば、嫌でもスピードアップする。だけど、最近はそれが苦痛になっていたことは確かだ。

もっとじっくり書いてみたい。そして――俺の目指していたものに、辿り着きたかった。

「……直己さん、前にも俺に、どんなシナリオが書きたいか、って……聞いたよな」

「ああ、そうだな」

「別に、シナリオじゃなくてよかったんだ。ゲームじゃなくたって」

傍らに座る泉田の、呆気にとられている気配が伝わってくる。

どうして、今こんなことを口にしてしまうのか、自分でもわからなかった。今までこれだけシナリオにこだわってきていたのに、突然こんなことを聞かされたら、誰だって驚くだろう。

だけど、奇をてらったわけでも、意味のない嘘をついたわけでもない。

このことは、紛れもない本心だ。

「俺……、前に声優学校に通ってたんだ。ただ、アニメが好きだったし、何か役を演じられたらな、って思って。だけど、芽は出なかった」

ほんの少しの台詞なのに、何度もリテイクを繰り返されたあの頃。ブースの外で待機している他の新人声優たちに呆れた顔をされて、本当に悔しかった。そんなことを何度か繰り返し、俺は、もうあそこにはいられなくなった。

「そんなときに、秋葉原の路地裏で、カツアゲに遭った。いわゆる、オタク狩りだよな。有り金全部毟《むし》り取られそうになって……そのとき、助けてくれた奴がいて……」

もちろん、それはこの前泉田自身が語ってくれた、あの事件だ。

「そいつに感謝したと思う？　……まさか。俺が何よりも憎んだのは、俺をカツアゲした連中より、その助けに入った奴の方だった」

「……それは、どうしてだ」

戸惑った様子で、泉田が俺の顔を覗き込む。

「君はこの前、それを忘れたようなことを言っていたのに、本当は覚えていたんだな」

「ああ、そうだよ。あんなこと、忘れられるはずないじゃんか」

今までも学校でいじめられたりはしていたけれど、外であんなふうに囲まれたのは、初めてのことだった。怖くて怖くて堪らなかったけれど、それ以上に怒りが大きかった。それは、不良たちに対してではなく。

「カツアゲしてるような馬鹿なんか、どうせオタクは全部一緒で、なんとも思っちゃいない。ゴキブリみたいなもんだと思ってる。だけど……俺を助けたそいつは、俺を見た。カツアゲされてる弱っちい俺見て、可哀想だと思って、助けたんだ」

確かあのとき、「弱いものいじめをするな！」と言って割り込んできたんだ。その「弱いもの」という言葉が、深く胸に刺さった。

俺自身、人を第一印象から決めてかかって、すぐにラベルづけしてしまうような人間だけれど、そいつから見たら、俺は「弱いもの」だったんだとわかったとき、どうしようもなく腹が立った。

「……恥ずかしかった。情けない場面を見られて、すげー悔しかった。俺を助けた、カッコイイそいつに嫉妬した。羨《うらや》ましかった。……そいつが憎たらしくて、仕方なかった」

「倖太郎……」

「だから俺は、なんでもいいから、自分に自信が持てるようになりたかったんだ。誰にでもできることじゃない、自分だけができることで……自信を持ちたかった」

そう。それが、俺のここにいる原点でもあった。

「ただ、それだけだったんだ。それが……俺が、シナリオライターになろうと思った、理由だよ」

泉田は、神妙な顔をして俺の話を聞いていた。

俺は少し意外だった。馬鹿馬鹿しい、と一笑に付されるかと思っていたからだ。

「シナリオライターとしてなら、自信が持てるようになると思ったのか?」

「そのときに、自分が誰よりも情熱持ってるって思えたのがエロゲーだったんだよ。こんなの作りたい、あんなの作りたい、ってアイディアがたくさんあった。だから、とにかくやってみようと思ったんだ」

「今はどうなんだ?」

俺は少し考えて、小さく首を振る。

「正直……わからない。自分が本当の意味でプロになったかもよくわかんなくて。だけど、書き続けたいとは思ってるよ。今のところ、それがいちばん近道なんじゃないかと思うから」

「君にしかできないことをしたいというのなら、他にもたくさんのことがあると思うんだがなあ」

思わぬ可能性を示されて、俺は内心ドキリとする。

こんな俺でも、他に何かできることがあるんだろうか。

「そ……、そうかな。例えば？」

「この前着たメイド服のモデル」

「却下」

少しだけでも期待した俺がバカだった。

「なぜだめなんだ！」

「当たり前だろ！　っていうか、アンタまだそれ諦めてなかったのかよ!?」

「だって君が着たのを最初に見てしまったら、他のどんなモデルに着せてみてもしっくりこないんだよ！　君が着たときが最もあの服が輝いて見えたんだ！」

「それはアンタの目がおかしいからだ!!　大体、俺を綺麗だの可愛いだの言う奴は、これまでの人生でアンタにしか出会ったことないんだぞ!?」

「それは皆が君の表面しか見ていないからだ！　俺だって、君に興味を覚えていなければ同じように思ったかもしれないさ。だが、君をもっと知りたいと思って観察していれば、自然と——」

そのとき、ガラリとドアが開いて、能面のように無表情な看護師がにゅっと顔を出す。

「ごめんなさいねー。もう少し静かにしていただけるとありがたいんですけどー」

「あ……、す、すみません」

「お願いしますねー」

業務的な口調でそれだけ言って、彼女はピシャリとドアを閉めた。

加熱しかけた空気が一気に冷える。

「気をつけるとしよう……。いくらこの俺でも出入り禁止になってしまうのは避けたいからな」

「アンタが変なこと言い出すから悪いんだよ」

「そうか。わかった」

俺を無視して、泉田は新たな提案を思いついたようだ。

「君が、俺がそんなにも主観でものを見ているると思っているのなら、ここは第三者に評価してもらおうじゃないか」

「はあ……？　ど、どうやって」

「とりあえず、カメラマンに見せてみる。メイクも完全にしてから撮影して、その写真とこれまでに撮ったものを比べてみようじゃないか」

「あのさ……いくら俺でも、そう簡単に騙されねえから」

ちっ、バレたか、と小声で呟く泉田。それがなぜか少し可愛く見えてしまって、俺も大概末期だと感じる。

しかし、そんなに似合っていただろうか？

この男は様々な事業を成功させているようだから、そこまでおかしな目は持っていないと思うが、俺に対する執着その他は常軌を逸しているので判断のしようがない。

「はあー……。でもまあ、そこまで言うなら仕方ねえか……」

「もしかして、やってくれるのか!?」

アラフォーの男が、パアッと子供のように無邪気な笑みを浮かべる。

「だけど、本当に公平に見てもらうからな。アンタだけがいいって言ってたら、絶対却下だから。それだけは約束してくれよ」

「もちろんだ！」

何度も頷く泉田に、こいつは本当に俺にあのメイド服のモデルをさせたかったのかとわかって、なんだかおかしくなった。恋は盲目と言うけれども、本当にそうなのかもしれない。

もちろん、俺はそんなことはない。俺に執着しているのは泉田だけで、俺はこいつに対して、別に恋だとか愛だとかじゃないんだから。

＊＊＊

そして数日後、めでたく俺の写真は『らぶもえ☆めいど』の新しいメイド服として、トップページに堂々と掲載された。

——納得がいかない。

「ど、どうして……?」

「だから言っただろう！　俺の目に狂いはない！」

確かに眼鏡を外しメイクアップされてロングヘアのウィッグを被った俺は、絵面的には女の子にしか見えなかった。だけど、本当にこの写真がいちばんよかったのだろうか。他にももっと可愛い女の子はいるはずだし、俺にはどうしても信じられない。

「アンタ……まさか威圧感で他のスタッフの意見強制したんじゃ……」

「そんなに言うならネットで調べてみろ。サイトを更新した直後から話題になっているし、事務所への問い合わせが引きも切らない状態だぞ」

そう言われてしまえば、俺も調べざるを得ない。

泉田の家から帰宅して、俺はいつものようにとりあえずパソコンを立ち上げる。以前は結構見ていたけれど、ゆうなたんの件があってからまるで覗かなくなってしまった『らぶもえ☆メイド』のスレッドをチェックしてみることにした。

けれど、開いてまず目に飛び込んできたのがハアハア萌え萌えの連続で、あまりの寒気に一旦《いったん》ブラウザを閉じてしまう。

「な、なんだ……？　今の……」

まだ心臓が嫌な音を立てて鳴っている。

けれど、やはりきちんと確認しないことには、調べたとは言えない。俺は勇気を振り絞って、再びブラウザを開いてみる。

——なんだあの子！　誰か店で見た奴いるか？

——あんな美脚いたら忘れるわけない。足コキされたいハアハア

——CGじゃないの？

——俺はあの足で思いっきり踏んでもらいたい。ピンヒールで

——お前らマゾかよ。俺はあの清楚なお顔にぶっかけたい

——せめて名前でもわかればなあ。誰か凸《とつ》しろよ

——とっくにしてるし。お答えできませんって言われた

——はあ？　何その大物ｗｗ

——あーーーーますます気になる！！！！　めちゃくちゃに犯して孕《はら》ませたい!!　毎日

おみ足ペロペロしたいよおおおおｗｗｗｗ
俺は耐え切れずにラップトップを閉じた。

いや、俺はすごく頑張った。ここまで頑張ったんだからもう十分だ。と、両腕の鳥肌を抱き締めながら自分を褒める。

「ってか……マジかよ……」

泉田の言っていたことは本当だった。

俺は本当に、あのメイド服が似合っていたのだ。こんなに気持ち悪いコメントを立て続けに寄せられるほどに。


そして恐ろしい現象は、これで終わりではなかった。

冬コミ当日、スペースで準備をしていた俺の元に、村山がやって来た。

「こーたろ氏！　超お久しぶりでござるー！」

「おー、村山、久しぶり！　元気か？」

「元気も元気！　絶好調でござる～!!　あ、これ、我が輩の新刊とペーパーでござるっ！」

「わ、ありが……」

Ｂ５の薄い本とペーパーを手渡されて礼を言いかけたものの、そのペーパーに描かれていた女の子に、俺は息を呑む。

「んー？　どしたでござるか？　こーたろ氏〜」

「あ、あの……。この女の子、ってさ……」

「わあお！　やっぱり気づいてくれたでござるかー！　あのミステリアス☆美脚メイドちゃんでござるよー!!」

やっぱり、そうだった。

はしゃぐ村山を前に、俺は乾いた笑みを浮かべることしかできない。

「あの子お店にも出てないし名前も出てないし、超大型新人の予告なのでは？　と言われているでござるよー！」

「え……、そう、かなあ……そんなに可愛いか？」

「シーッ！」

唐突に、慌てた顔をした村山に、もみじまんじゅうのような手で口を塞がれる。

「な、何？　なんだよ？」

「もお！　こーたろ氏、全然『らぶもえ☆めいど』情報は集めていないでござるか？」

いかにも情弱、といった口調に狼狽える。

一応スレッドはちらりと見たものの、見続けていると吐き気を催すので、あの日以来まるで開いていない。今、あの界隈では一体何が起きているんだ。

「リアルでも今あの子の悪口を言うと、後でネットで特定されて晒し上げにされるでござるよ！」

「は……？　な、なんだそれ……!?」

「あの子が最初に出てきたときすんごく話題になって、それでいつもみたいに反動でアンチが湧いてきたんでござる。そしたら、彼女に一目惚れをした人たちが今暴走しまくって、可憐ちゃんを守るんだ！　となっているんでござるよ」

「えーと……かれん、ちゃん？」

「まだ名前が出ていないので暫定だそうでござる！　可憐な容姿だから可憐ちゃんでござる！」

もうここまで来ると、ああ、そう、としか言えない。

いつの間にそんな大騒ぎに発展していたとは。けれど、それも一時期のお祭り騒ぎだろう。時間が経てば、また新たな萌え対象を見つけて興味は移っていくはずだ。

「ていうかお前、この子そんなに好みなの？　まいんたんよりも？」

「そりゃあ、我が輩にとってはまいんたんがいちばんでござる！　でも、あわよくば……と思わなくもないでござるよー！　デュフフフフ！」

（お、お前なんか絶対ごめんだ!!）

という悲鳴は、辛うじて心の中にだけ留められた。

しかしまさか、こんなにも俺に身近な村山まで気づかないとは、確かに人はその凝り固まったイメージから抜け出せないものなのだ、と実感する。さすがに村山は何に化けてもわかるだろうけれど。

（悔しいけど、あいつは見る目あったってことだよな、やっぱり……）

それだけは、認めざるを得なかった。主観で考えていたのは、こちら側だったらしい。

（人の才能とか特色を見抜くっていうのは、やっぱり人を使うことに長《た》けてる、ってことだよな……）

やはり、あの男は社長という身分の才能を持っているのだ。そのことに嫉妬し、そして憧れる。けれど、タイプも何もかも違い過ぎて、同じ場所は目指せない。

（俺は、俺にできることをするんだ。そしていつか、あいつみたいに……）

＊＊＊

「それで物は相談なんだが、次はこういう服はどうかな？」

「却下」

翌日、泉田の邸宅を訪れたとき、そこにはまたもやメイド服を着たマネキンがずらりと並んでいた。

「どうしてだ！　とりあえず着てみなさい。絶対に似合うから」

「俺は何回もやるなんて言ってない！」

「一度で終わるとも言っていないだろう！」

確かにその通りだけれど、一度の露出でこんなに大きな騒ぎになっているというのに、また顔を出すだなんて恐ろしくてできっこない。

「大体、なんで毎回メイド服なんだ!?」

「だって君はそういうのが好きじゃないか」

「好きだけど！　でも自分が着たいわけじゃないし！　第一俺はシナリオライターで……」

「なるほど、わかった。じゃあこういうのはどうだ」

泉田は何かを勝手に納得して、一度部屋を出て行った。そして戻って来たとき、その姿を見て、俺は目を丸くした。

「え？　何、その格好」

「見てわからないか。執事だ」

「なんで執事の格好してんだよ!?」

確かに、言われてみれば執事にも見える。普段のスーツとあまり変わらないようにも見えるが、上着は後ろが丈の長いものになっているし、眼鏡も白い手袋も、確かになんとなくソレっぽい。

「だって今までの格好ではこの前と同じシチュエーションになってしまうだろう。君がまた新しいアイディアを得たいと言うのなら、今度は俺が立場を変えるべきだと思ってな」

「メイドと執事で……何するんだ」

「ナニに決まっているだろう」

「そ、そうだけど……っていや、そういう意味じゃなくて！」

ぽっと頬を赤らめかけて、いやいやと首を横に振る。

「だからさ、執事っていったら、普通相手はお嬢様なんじゃないのか？　メイド相手だと、どういうふうになるのかわかんねえし……」

「そもそも執事とは給仕頭だ。つまり、メイドを総括する立場にあたる。だから今の俺は、君の上司というわけだ」

「じゃあ、社長と変わんないんじゃ……」

「違いはもちろん出す。例えば、敬語だ。君が今、俺の主人だとするとだな」

すっと泉田は腰を折り、俺の足下に跪《ひざまず》く。

「どうぞ、なんなりとご命令を。ご主人様」

「うわあ……」

似合わない。あまりにも似合わなさ過ぎて、背筋を悪寒がマッハで駆け抜ける。

「なんだ、嫌か」

「だって、アンタそういうキャラじゃないじゃん……っていうか、そんなすごい威圧感の執事いないし」

「なるほど、わかった」

再び一人で何かを納得し、どこに隠していたのかスッと乗馬用の鞭を手に取る。

「ご主人様。どうしてメイド服を着てくださらないのですか？」

「……へ？」

「それが数多のオタクを虜《とりこ》にしたあなた様の責務。それを放棄しようとするならば、お仕置きでございます！」

急にヒュンッと鞭が飛んできて、ヒイッと叫びすんでのところで避《よ》ける。

「……とまあ、こんな具合だ」

「え！？　い、今の執事か!?　執事ってご主人様に鞭振るうの!?」

「スパルタ執事ってことでいいじゃないか。エロゲーなんだし、なんでも有りだろう」

「それを言っちゃ……」

「しかし、これはなかなかいいかもしれん……少し燃えてきたな」

え、と声を出す間もなく、スパルタ執事（？）がするりと俺の腰を抱いてくる。

「メイド服を着る前に、ひとつこの設定でどうだ。なあ？　ご主人様？」

これはもう執事とかそういうものよりも、口調だけ丁寧ないつもの泉田である。そして男と男の設定の時点で、エロゲーじゃなくてＢＬゲーだ。そんなの、俺の守備範囲外なのに。

アイディアになるもの以外のセックスなんて、俺にとって意味のないもののはずなのに。

（だけど……まあ、いいか）

そんなふうに諦めてしまうことにも慣れてしまった。多分、いつか役立つときがくるだろう。

逃げられないなら、せいぜい利用させてもらうまでだ。

そんなふうに言い訳して、俺は相変わらず横暴な威圧感男に、自ら唇を寄せた。

泉田直己の憂鬱

「君は本当にダメな部長だな。俺が活を入れてやろう」

「こ、コーチ……」

俺がベルトを外して、すでに完全に勃起したそれを取り出すと、真っ赤になって喘いでいた倖太郎の顔が、更にトロンと蕩ける。

倖太郎は女子用のスクール水着を着用していた。尻の部分だけ俺が切れ込みを入れ、露《あらわ》になった尻の谷間にはピンクのディルドが埋まっている。

「速く泳げるようになりたいか?」

「は、はい……な、なりたいれす……」

「それじゃあ、せいぜい励みなさい」

くっきりと勃起した陰茎の形を浮き上がらせた前を揉みながら、ディルドを引き抜く。

「んうぅっ!」

それだけで、倖太郎はビクンッと魚のように跳ね、股間の膨らみにじわりと新たな染みを作った。

その痴態に息を弾ませながら、俺は自分のものにローションを塗りたくった。そして彼の脚を大きく広げ、ディルドを失ってヒクヒクと口を開閉しているそこにゆっくりと腰を埋めていく。

「ふううぅ……っはあ、あああぁ、はあぁ」

実に気持ちよさそうに、倖太郎は熱い息を漏らす。

ずぶぶ、じゅぷっ、ぐちゃ、という音に煽られて、俺のものもますますいきり立ってしまう。この細い腰に俺のものを挿入するのは本当に罪悪感があるものの、俺が陰茎を膨張させると倖太郎がますますよがるので、快楽は覚えているのだろう。

「はあ……あぁぁ……コーチの、おっきい……」

「君は大きいのが好きなのか?」

「す、好き……おっきいので、めちゃくちゃにされたい……」

思わず射精しそうになって、腹筋にぐっと力を込め、やり過ごす。

本当に、この子は普段ならば絶対にこんなことは言わないくせに、コスプレしてセックスをするときだけは、股間を直撃するようなことばかり口にするので、困ってしまう。

それにしても、この俺がこんなプレイをするようになってしまったことが、我ながら信じられない。今までの女たちが知ったら腹を抱えて笑うことだろう。だが俺は大真面目なのだ。

「ひああっ！　ああ、ふぁ、あ、コーチ、もっとそこ、突いてぇっ」

「ここか？　この膨らみか!?」

「あああっ！　あぁあ、ひ、あ、あーーっ」

前立腺をぐりぐりと小刻みに刺激してやれば、倖太郎は呆気なく射精する。

精液をこぼしながらヒクヒクと震えている彼から一度引き抜いて、その体をうつ伏せに引っくり返し、今度は後ろから丸い尻を串刺しにする。

「ひああっ……、コーチぃっ」

「背泳ぎの次は、平泳ぎだ！」

アホなことを言っている自覚はあるが、興奮し切った俺たちにはまったくもってマトモな台詞なのである。

今まで俺は女性相手にこんなコスチュームを着せてイメージプレイをさせたことなどなかった。中にはそういうものを好む女もいたけれど、俺はやっているうちにどうしても気分が冷めてしまい、続かなくなってしまう。

だから、倖太郎との行為でこんな遊び方をして興奮してしまうことが、自分でもとても意外だ。恐らく、彼の中のイメージがとても具体的なせいだろう。途中から本当にその『エロゲーの中の女の子』の気持ちになってしまうようで、俺もそこに釣り込まれてしまうのだ。

「んひいいいっ！　いっちゃう、またいっちゃうう」

「いきなさい！　好きなだけいけばいい！　ほら、ほらっ！」

　ぐぽぐぽと腰を回しながら奥まで突いてやると、再び倖太郎は全身を硬直させ、達した。

「あーーーーっ」

　俺は、彼の顔も、体も、声も、性格も、何もかもに煽られる。声優学校に通っていたということは後で知ったが、なるほど、と思った。確かに演技はだめだったのかもしれないが、声質自体はとても好ましいものだ。特に、セックスのときの喘ぎは本当に聞いているだけで上りつめてしまうほどである。

　今回のプレイは夏コミに向けての同人ゲームのテーマだそうで、夏らしくコーチと水泳部部長という設定だった。

　倖太郎はあのブラック会社を辞めてから、フリーランスとしてシナリオを書いているものの、最近は好き勝手にできる同人ゲームの製作にもハマっているようだ。夏コミはまだまだ先の話だが、今からシナリオを書かないと間に合わないということで、年が明けたばかりの真冬にスクール水着を着てセックスしている。

　俺がオタク業界にある程度詳しくなったのは、そう昔の話ではない。俺は男ばかりの三人兄弟の三男坊で、比較的自由な立場だった。放任主義で好きなように育ったためもあり、一族で経営している会社に入るのは息苦しいと感じてしまった。そして目をつけたのが、オタク産業だ。

これまではまったくと言っていいほど関わってこなかった世界だし興味もなかったが、その経済効果だけは知っていたので、手を出してみる価値はあると思った。

結果、それは成功した。メイドカフェ『らぶもえ☆めいど』を始め、コスプレ、アダルトグッズ、インターネット事業などに手を広げ、最初に親に借りた資本金もすでに全額返済した。

最近はいわゆる地下アイドルも手がけ、それも順調に成長してきていて、こちらでもまずまずの成功を収められそうだ。本当に、オタクと呼ばれる人種のハマったものへの金払いのよさには驚きを通り越して尊敬の念すら覚える。

倖太郎も、そんなオタクの一人なのだろう。稼ぎは少ないだろうに、暇さえあればせっせとメイドカフェに通いつめ、お気に入りの女の子のグッズも欠かさず買っていた。

彼は純粋でプライドが高く、そして一度信頼した相手のことは妄信してしまう幼さがある。まだ二十歳そこそこということもあるけれど、彼の内面は年齢以上に幼稚であり、そして極端に傷つくことを恐れ、自らそれを避けて回っているような節があった。

俺は彼のそんな繊細な性格を愛した。そして、地味ながらも端正で整っているその顔を、よく変わる表情を、感じやすい綺麗な体を愛した。

「アンタって……本当に元気だよね」

行為が終わった後一緒にシャワーを浴びながら、まだ角度を持っている俺のものを眺めて、呆れた口調で、しかし目元を赤く染めながら彼は言う。

「君と一緒にいるとどうも収まらないんだ。もう一度だけしてくれるとありがたいんだが……」

「直己さんが四十近いだなんて、信じらんねえよ……」

文句を言いながら、倖太郎は俺の足下に跪き、うっとりとした表情で俺のものを頬張る。

「くっ……」

「ん……、んふ、もう滲《にじ》んでるよ……ほんっと、元気……」

切れ長の目を潤ませながら、倖太郎は喉の奥まで含み、くぽくぽと音をさせながら、その感触を楽しんでいるようだった。

元気なのは君も同じだろう、と思う。男のものを尻に受け入れるだなんて、生易しいことではなかろうに、彼は本当にそれが好きだった。

俺も彼も多忙なので毎晩愛し合うことはできないが、会えば必ずそれを望むのは彼の方だ。もちろん、アイディアのためという名目はあるものの、彼がその行為を好んでしていることは、彼自身だって否定できないだろう。

「倖太郎……大丈夫か？」

「ん……んむ……ふ、んぅ……」

もうすっかり夢中になってしまい、俺の言葉も聞こえていない様子だ。なめらかな頬を蕾薔薇色に染め、小さな形のよい唇で男の赤黒いものを咥えている姿は、本当に扇情的だった。彼は、俺のこれが大好きなのだ。一度吸いつくと精液を出すまで離れない。まるで吸血鬼みたいだ、なんて考えてしまう。

彼は自分が思うよりもよほど器用だ。俺の感じる部分を的確に学習し、そしてそこを集中的に、あるいはわざと外して責めてくる。今はとにかく精液が欲しいのか、先端の鈴口に舌先を入れてクリクリと刺激したり、奥まで入れて亀頭を小刻みに吸ったりと、俺を瞬く間に射精へ導こうとしている。

「くっ……、も、もう、出すぞ、倖太郎ッ……」

「ん、ん、ふう、ん、ぁ」

俺の射精のきざしを感じてか、倖太郎の動きが激しくなる。両手と唇と舌を巧みに使い、俺は呆気なく、彼の口の中で果てる。

「んっ！　ん……、ふ……ん……」

彼は余すところなくそれを受け止め、口の中で味わい、そしてすべて嚥下《えんか》した。そうしながら、自分の勃起したものを擦り立て。そして少量のほとんど透明な精液を漏らしている。その様子が、また酷く卑猥《ひわい》だ。

「よかったよ……倖太郎」

俺は彼を抱き締め、そして精液のニオイのする口を吸った。細い腰を撫で、桃のような尻を労《いたわ》るように軽く揉む。そして再び、勃起してしまう。

自覚はしている。俺は彼に、ずぶずぶに溺れているんだ。


「あのー。時間かかり過ぎなんすけどー」

ぐったりした倖太郎を客間に運んで寝かせた後、階下に戻ると、ちょうど応接間から出てきたらしい金子と出くわす。

「なんだ。来ていたのか」

「夕方にも来たっすよ。だけどそんとき多分真っ最中でしょ？　さっきまた来て、もうすぐですからって家政婦さんにここに通されたんすけど。もー勘弁してくださいよ」

「それは悪かった」

この男は俺が長年使っている探偵事務所の人間だ。

ついこの間まで倖太郎のいたゲーム会社に潜入させ、彼を観察させて毎日報告することを命じていた。

もっとも、俺の目的にはかなり最初の方から気づいていたようで、まだ倖太郎と関係を持っていない内から、『対象から泉田さんのニオイアリ』などとわりと露骨な報告書も書かれていたりした。

「で、どうだった」

「あー。アンタの読み通りっす。どいつもこいつも真っ黒け。これって、軌道修正きくんですかねえ?」

応接室のテーブルに、金子は写真の入った封筒をポンと置く。中身を確認すると、俺がプロデュースしているアイドルグループの一つ、『らぶきゅっきゅ81』の面々の合コン写真、はたまたその後ラブホテルに男と消えるメンバーの写真もあり、俺は重いため息を落とした。

「選抜メンバーのほとんどがその合コンに参加してたっすよ。まいんって子はこないだの報告と同じく、デブ彼とよろしくやってるみたいっす」

「そうか……わかった。ご苦労だったな」

年頃の若い女の子たちなのだから仕方がないが、彼女たちのファンは全員と言っていいほどオタク男子なのである。こんなことが明るみに出ようものなら、彼らは引き潮のように去って行ってしまうだろう。

しかも、このグループでは以前、大きなスキャンダルがあったばかりだ。それなのにこれでは、頭を抱えてしまう。より一層の引き締めが必要な時期のようだ。

「そー言えば、こーたろサンは? 社長のマグナムで腰抜けて起きられないっすか?」

「その通りだ。お前はもう帰っていいぞ」

素直に肯定してやると、金子は半目になって「へーへー」と肩を竦めて帰って行った。

（それにしても、まいんの件はどうするかな……）

彼女は、恐らく近々このグループを辞めるだろう。声優としての活動のめどが立ったようで、アイドル稼業に見切りをつけ始めている。

こちらが彼氏と別れろと忠告をすれば、それは決定的なものになるに違いない。まあ、彼女にとってアイドルと彼氏のどちらが大事なのかはわからないが、ほぼ毎日会っているとなれば、それは明白のような気がする。

（恋は盲目だからなあ……）

現在自分も真っ最中なだけに、彼女に対して厳しく叱咤《しった》できない自分がいる。本当は人気メンバーである彼女を抜けさせたくはないし、無理矢理にでも引き離したいところなのだが、相手は倖太郎の友人でもあるというのだから、厄介だ。

今ではあの会社を二人とも辞めてしまったわけだが、それでも付き合いは絶えないらしい。今度彼が作ろうとしている同人ゲームも、その友人との合作のようだ。

俺は金子が帰った後、再び倖太郎の元に戻り、すうすうと穏やかな寝息を立てているその幼い顔を観察した。

「自分に自信を持ちたい、か……」

以前、倖太郎が語った、シナリオライターになった理由だ。

正確に言えば、シナリオライターになった理由というよりも、何か自分にしかできないことを成し遂げて、自信を持ちたかったと言っていた。

そしてそれは、別にライターとしてではなくてもよかったのだ、と。

その考え方は、嫌いではない。しかし、ならばなぜまたメイド服を着るモデルになることを嫌がるのだろうか。倖太郎のメイド服姿は、誰よりも光り輝いているというのに。

「それに、君はすでに、自信を身につけていると思うんだがなあ……」

少なくとも、この俺に対しては、そうだった。

自覚しているのかしていないのかわからないが、もう俺が彼に骨抜きになっていることを、本能で察している気がする。だからかなり甘えん坊にもなるし、時折俺を試して遊ぶようなこともする。そして、俺が好ましいと思えなくなるラインを決して超えてこないのが、彼の恐ろしいところだ。

「まあ、君が何をしたとしても、もう逃がしてやる気はないんだがね……」

眠る無垢な唇に、軽くキスをする。

そう、君は俺のもの。そして、俺も君のものなんだろう。

君が俺の傍にある限り、俺は君を失うことへの不安から逃れられない。

願わくば、この愛《いと》おしくも憂鬱な日々が、永遠に続きますように。

そう胸の内で呟きながら、今日も俺は彼の隣で眠るのだ。

あとがき

こんにちは。丸木文華です。
今回はずっと書きたかったにもかかわらず、どこでも書かせてもらえなかった（笑）オタクものを書くことができて、感無量です！　シャレード文庫さんの海よりも広いお心に深く感謝しております。

さて今回の話は私にしては珍しくコメディ調だったのですがいかがでしたでしょうか。今まででいちばんライトだったと思うのですが、小説では尿道プレイは初めて書いたように思いますし、そっち方面では作品の雰囲気に反して結構ハードだった気もします。女装も大好きなので倖太郎にはもっといろいろ着させたかったのですが尺が足りませんでした。二人には今後も素敵なプレイライフを送ってもらいたいです。

そして、おかげ様でこの作品は私の二十冊目の本になります。もうそんなにたくさん書いたのかと驚きました。ついこの前十冊目～と言っていたような気がするのに、時が経つのが早過ぎます。

最後に、この本をお手に取ってくださった皆様、最高に可愛くてカッコイイ挿絵を描いてくださった村崎ハネル先生、こんな内容を受け入れてくださった担当のO様、本当にありがとうございます！

またどこかで皆様にお会いできることを願っております。

本作品は書き下ろしです

丸木文華先生、村崎ハネル先生へのお便り、
本作品に関するご意見、ご感想などは
〒101-8405
東京都千代田区三崎町2-18-11
二見書房　シャレード文庫
「オタクな俺がリア充社長に食われた件について」係まで。

CHARADE BUNKO

オタクな俺《おれ》がリア充社長《じゅうしゃちょう》に食《く》われた件《けん》について

【著者】丸木文華《まるきぶんげ》

【発行所】株式会社二見書房
東京都千代田区三崎町2-18-11
電話　03(3515)2311[営業]
　　　03(3515)2314[編集]
振替　00170-4-2639
【印刷】株式会社堀内印刷所
【製本】ナショナル製本協同組合

落丁・乱丁本はお取り替えいたします。
定価は、カバーに表示してあります。

ISBN978-4-576-13185-6

http://charade.futami.co.jp/

CHARADE BUNKO

スタイリッシュ&スウィートな男たちの恋満載

丸木文華の本

三人遊び

てっちゃん、今入れてるのはどっちだかわかる?

イラスト＝丸木 文華

高校二年の夏。哲平は幼なじみの京介と滋と体の関係を持ってしまう。遊びのルールは一つだけ。三人でプレイすること。はじめての体を二人がかりで開発され、激しい快楽に溺れる日々。しかし、恋愛に憧れる哲平は告白してきたクラスメートとつき合うことに…。ヤンデレたちの饗宴ループ。

CHARADE BUNKO

スタイリッシュ&スウィートな男たちの恋満載

花川戸菖蒲の本

あまり、オジサンをからかわないでくださいよ

年上マスターを落とすためのいくつかのマナー

イラスト＝山田シロ

神楽坂にあるバーの雇われマスター・待鳥目当てに足しげく店に通う銀行員の橘川は、待鳥の年齢以上に枯れた風情が醸し出す無自覚の色気に当てられた一人。しかしエリートで見目もよい橘川のデートの誘いは空振りばかりですっかり困った客扱い。本当に待鳥は恋愛に興味なし？ それとも――!?